河出文庫

猫のパジャマ

R・ブラッドベリ

[illegible] 訳

河出書房新社

猫のパジャマ　目次

猫のパジャマ

つねに、そして永遠に猫のパジャマである
マギーに

訳註　「猫のパジャマ（cat's pajamas）」は、すばらしい人／ものを意味する俗語。

イリノイ州グリーン・タウンで
あのすばらしき幼年期を分かちあった
すばらしき兄、親しき友、
スキップを偲んで——

わが家の地下室を探しまわり、書いた本人も
とうに忘れていた物語を見つけてくれた
ドン・オルブライトに感謝をこめて。
これからもわがゴールデン・リトリーヴァーでいてくれよ。

序文――ピンピンしているし、書いている

わが秘密の自我、わが無意識、わが創作の魔物、すなわち、わたしに代わってこれらの物語を書くものに関してなにがいえるだろう？

そのプロセスについて、なにか目新しい洞察を得られるように努めよう。そのプロセスが、七十年にわたってわたしを生かし、刺激し、書かせつづけてきたのだ。

一九四〇年代から現在にいたるまで、わたしがうまく働かせようとしてきた方法の好例をふたつあげるなら、「さなぎ」と「完全主義者」がそれにあたる（註記。この短篇集におさめられた「さなぎ」は、一九四六年に〈アメージング・ストーリーズ〉誌に発表され、のちに『スは宇宙《スペース》のス』に収録された同名の短篇とは別ものである。そのタイトルがとても気に入ったので、二度使ったのだ）。

一九四〇年代の長い夏、わたしは兄と同じように、ビーチで余暇を過ごしていた。兄は本物のサーファー、わたしはボディ・サーファーで、海へ出る合間にサンタモニカ桟橋のそばでとぐろを巻き、バレーボール・プレイヤーとウェイトリフターの全員と顔な

じみになった。友だちになった者のなかには、有色人種も何人かいた（当時は、だれもが「有色」といった。「黒人」や「アフリカ系アメリカ人」という言葉はずっとあとに登場した）。

　有色の人々もじつは日焼けするかもしれない、という考えにわたしは興味をそそられた。それまで頭をかすめたこともない考えだった。そういうわけでメタファーが生まれ、「さなぎ」が書かれた。そしていまはじめて発表される。わたしはこの小説を公民権運動のはるか前に書き、筐底《きょうてい》にしまいこんだのだ。この作品はその時代の産物だが、時の試練に耐えたと信じている。

「ふだんどおりにすればいいのよ」は、祖母の家で、スーザンという名の通《かよ》いの黒人メイドに育てられた結果である。彼女はすばらしい女性であり、幼年期を通じて、わたしは週にいちど彼女がやってくるのを心待ちにしていた。

　一九三四年にわたしたち一家が西へ引っ越すと、スーザンをふくめて、ウォーキーガンの友人たちとのつきあいはほとんど絶えた。まだつきあいがあったころ、彼女から手紙が届き、そちらで、わたしたち一家のメイドにしてもらえないだろうかといってきた。悲しいことに、大恐慌まっただなかのことで、わたしの父は失業中、兄は食い扶持を減らすため、自然保護青年団（ニュー・ディール政策の一環として失業青年に植林・道路建設・土地改良などの職をあたえるため創設された連邦政府機関）に入団していた。わたしたちは赤貧にあえいでおり、頭を水の上に出しておくのがやっとだった。わたしはスーザンに手紙を書き、彼女の親切に感謝して、彼女の健勝を祈らなければならなかった。これがきっかけで、わたしはいつか故郷へ旅して、ウォーキーガンの友人たちを訪ね、スーザンに再会することを考えるようになった。そういう運びにはならなかったが、この小説は未来を想像した結果であり、自分がなりたいと思う人間ではかならずしもないことの結果である。だいぶあとになってスーザンから便りがあった。彼女は大恐慌の後半を立派に生きぬいていた。

「完全主義者」はべつの種類の物語だ。ずいぶんむかし、妻のマギーとわたしは、大西洋を横断する航海のおり、すばらしい書籍収集家にして図書館創設者と出会った。わたしたちは彼とともに時間を過ごし、彼の語る、その途方もない人生にまつわる物語に興味をそそられた。

この出会いの最後にあることが起きて、わたしたちはふたりとも愕然とした。それがなにかは、小説を読めばおわかりになるだろう。

その航海とその紳士のことは二十年も忘れなかったが、彼がさしだしてくれたメタファーには手をつけなかった。

さて、この六週間というもの、奇妙で驚くべきことが起きていた。十一月初旬に妻が病気になり、けっきょく入院して、感謝祭の直前に帰らぬ人となったのだ。妻が病気のあいだ、そしてそれ以来、七十年ぶりにわたしのなかの魔物が鳴りをひそめていた。わが詩神《ミューズ》、わがマギーは逝ってしまい、わが魔物はなすすべを知らなかった。

日がたち、やがて週がたつにつれ、わたしはふたたび書くことがあるのだろうか、と疑問が湧いてきた。朝目をさましても、わが私的な劇団が頭のなかでアイデアを演じないことに慣れていなかったのだ。

しかし、数日前のある朝、目をさますと、「完全主義者」の紳士がわたしのベッドの端にすわり、わたしを待っていた。彼はいった。「ようやくだ、わたしの物語を書いてくれたまえ」

三十余日ぶりに、わたしは息せき切って娘のアレグザンドラに電話し、この物語を口述した。

「さなぎ」と「完全主義者」を比較して、時はたっているものの、メタファーを目にすればそれとわかるわたしの能力が、変わっていないことに気づいてもらいたい。

もちろん、わたしの書く能力は、「さなぎ」を書いたときのほうがずっと未熟だったが、アイデアそのものは力強く、一考の価値がある。

「趣味の問題」は、人生の多感な時期に、トゥーソンの材木の山のなかで、あるいはメキシコ・シティへの路上で蜘蛛と出会った結果だ。後者では、途方もなく大きな蜘蛛を見かけ、わざわざ車から降りて調べたほどなのだ。それはわたしの手より大きく、とてもきれいで、毛むくじゃらだった。カリフォルニアにもどると、ロサンゼルスのガレージというガレージには、何十匹もの黒後家蜘蛛が住んでいるので、この有毒の生きものに噛まれないよう用心しなければならない、とたびたび思いしらされた。そうなると、骨格が体の内側ではなく外側にあるのはどんなふうだろうと思いだすものだ。要するに、

「趣味の問題」はその概念を敷衍《ふえん》したものであり、わたしは遠い惑星に蜘蛛たちの世界を描きだしたのだ。はるばるやってきて、彼らに遭遇する闖入者の宇宙飛行士たちよりもはるかに聡明な蜘蛛たちの世界を。これがきっかけとなり、わたしは「イット・ケイム・フロム・アウタースペース」と題された映画脚本を練りはじめ、数か月後、ユニヴァーサルのために書くことになった。したがって、わたしの想像力にかかわる物語は、映画会社への就職と、かなり出来のいい映画の製作という結果を生んだのである。

この短篇集におさめたほかの物語についていえば、大部分は一瞬にして着想し、あわてて書きとめたものだ。

半年前のある日、若い友人と本にサインをしていると、アメリカじゅうに点在するインディアン・カジノのことが話題にのぼった。唐突に、わたしは若い友人にいった。「酔っ払った上院議員の一団が、あるインディアン・カジノの支配人とアメリカを賭けて勝負し、負けたとしたら、ちょっとしたものじゃないか？」

そういうやいなや、わたしは「鉛筆と紙をくれ」と叫び、そのアイデアを書きとめて、数時間後に短篇を仕上げた。

半年前、〈ニューヨーカー〉をパラパラやっていたときのこと、オーキー（移動農業労働者。特に一九三〇年代のオクラホマ州出身の放浪農民をさす）を撮った一連の写真にぶつかった。どうやら一九三〇年代、彼らがルート66を西へ向かっていたときに撮影されたもののようだった。記事を読みすすめると、彼らがオーキーではまったくなく、むかしの服をまとったニューヨークのモデルであり、彼前年のいつか、ニューヨーク市内でポーズをとったものだとわかった。わたしはこう明かされてびっくり仰天し、猛烈な怒りに駆られた――われわれの歴史の悲劇的なあの章を、どうしてファッション写真の素材にするような真似ができるんだ⁉――それで短篇「ルート66」を書いた。

本書には、わたしのお気に入りの作家たちへの愛も詰まっている。生まれてこのかた、わたしは敬愛するF・スコット・フィッツジェラルド、メルヴィル、ポオ、ワイルドなどを妬んだり、そねんだりしたことはいちどもない。図書館の本棚で彼らの仲間に加わりたいと思っただけだ。

したがって、フィッツジェラルドの精神と創造力について心配するあまり、わたしは何度もタイムマシンを発明して、時をさかのぼり、フィッツジェラルドを彼自身から救ってきた。もちろん、できるはずのない仕事だが、わたしの愛がそれを要求したのだ。

この短篇集のなかに、信仰の擁護者としてのわたしが見つかるだろう。スコッティを助け、彼が完成させるべきだった作品を完成させ、金を崇拝せず、映画会社に近づかないようにしろと繰り返しいさめるわたしが。

数年前、パサデナへ通じる高速道路を走っていたときのこと、コンクリートの壁面と頭上の陸橋にすばらしい落書きを見かけた。無名の芸術家たちが、逆さまにぶらさがって、その驚くべき壁画を描いたわけだ。そのアイデアにはいたく興味をそそられたので、旅の終わりに「まさしく《オーレイ》、オロスコ！　シケイロス、然り《シ》！」を書いた。

リンカーンの葬儀列車にまつわる物語、「ジョン・ウィルクス・ブース／ワーナー・ブラザーズ／MGM／NBC葬儀列車」は、あからさますぎるように思えるだろう。われわれが生きているのは、宣伝が生活様式であるような時代だから、歴史の現実性は無視され、英雄ではなく、悪漢がもてはやされるのだ。

「おれの敵はみんなくたばった」は、見てのとおりの物語だ。年をとるにつれ、われわれは、友人だけが時のなかに消えていくのではなく、自分を——小学校で、高校で——苦しめた敵もまた脱落していくのを発見し、敵愾心《てきがいしん》に満ちた思い出を思いだしようがないことに気づくのだ！　その概念を行き着くところまで進めてみた。

「R・B、G・K・C&G・B・S永遠《とわ》なるオリエント急行」は、本質的には物語ではなく、物語詩に近いものであり、わたしが八歳のころからいだいてきた、図書館と作家たちへの完璧な愛を披露したものだ。わたしはカレッジに進まなかったから、図書館が出会いの場所となった。G・K・チェスタトンやショーをはじめとする、その棚に住まうあのすばらしいグループの面々と出会う場所に。わたしの夢は、ある日図書館へはいると、わたしの本の一冊が、彼らの本の一冊に寄りかかっているのを目にするというものだった。わたしは英雄たちを妬んだこともなければ、そねんだこともない。愛玩犬として彼らの名声と並んで走りたかっただけなのだ。この詩は、ある日、ひとつづきの巻物としてあらわれ出た。おかげでわたしは、息をひそめた鼠として、人目につかずに列車に乗りあわせ、彼らのすばらしい会話に耳をかたむけることができた。ある時期におけるわたしの人生のゴールを表すものがあるとしたら、この詩がそれだ。だからこの詩をここにおさめることにした。

要するに、これらの物語の大半は、さまざまな時期にわたしを捕まえ、わたしが釘付けにしてやるまで放してくれなかったのだ。

わが魔物は語る。どうか耳をかたむけていただきたい。

さなぎ

Chrysalis

1946—1947

とうに夜半を過ぎたころ、彼は目をさますと、ボール箱からとりだしたばかりの壜に目をやり、両手をのばして壜に触れ、静かにマッチを擦って白いラベルを読んだ。そのあいだ家族は、隣の部屋でなにも知らずに眠っていた。宿の建つ丘のふもとに波が打ち寄せていて、ローションの魔法の名前をつぶやくあいだ、岩場や砂浜を潮が洗う音が聞こえた。名前の数々は舌にしっくりとなじんだ——メンフィス・ホワイト・オイル、保証付き、テネシー・ローション軟膏……ヒギンズ・ビーチ・ボーン・ホワイト・ソープ——陽光が闇を焼き払うような名前、水がリンネルを漂白するような名前。彼は壜のコルクを抜き、匂いを嗅ぐと、両手にちょっと垂らしてこすり合わせ、片手をマッチの明かりにかざし、その手がいつ白いコットンの手袋のようになるか見ようとするのがつねだった。変化がないと、ひょっとしたら明日の夜、さもなければそのつぎの夜には、と自分をなぐさめ、ベッドにもどり、目を壜から離さずに横たわるのだった。頭上に並ぶ緑色ガラスの大きな甲虫みたいな壜は、かすかな街灯の明かりを浴びてきらめいていた。

どうしてこんなことをしているのだろう？　と彼は思った。どうして？

「ウォルター？」はるか彼方から、母さんの声がそっと呼びかけてくる。

「なあに？」

「起きてるの、ウォルター？」

「うん」

「寝たほうがいいわよ」


朝になると、彼は永遠不変の海をはじめて間近に見にいった。海は彼にとって驚異だった。いままで見たことがなかったからだ。一家はアラバマ奥地の小さな町からやってきた。土ぼこりと熱気ばかりの土地で、近くに干あがった小川やぬかるみはあっても、河や湖はなく、旅をしないかぎり、まったくなにもなかった。そして一家が旅をするのは今回がはじめてで、へこみだらけのフォードに乗り、道すがら静かに歌いながら、はるばるカリフォルニアへやってきたのだった。旅に出る直前、ウォルターは一年分の貯金をおろし、魔法のローション十二壜を通信販売で注文した。それは出発の前日にようやく届いたのだった。そういうわけで彼は壜をボール箱に詰め、それを抱えていくつかの州の牧場《まきば》と砂漠を渡らなければならなかった。途中の屋外便所や手洗いで、こっそりあれこれと試しながら。彼は車の前部座席にすわり、目を閉じて首をのけぞらせ、ローションを塗った顔で陽射しを受けた。ミルクストーンのように真っ白く漂白されるのを待ちながら。「白く見えるぞ」と毎晩彼はひとりごちた。「ほんのちょっとだけど」

「ウォルター」と母さんがいった。「なんの匂い？　なにを塗ってるの？」

「なんでもないよ、ママ、なんでもない」

なんでもないだって？　彼は砂浜に出て、緑の波打ち際で足を止めると、ポケットから携帯壜の一本をとりだし、白っぽい液体をちょろちょろ垂らして、掌の上で渦を巻かせてから、顔と両腕になすりつけた。今日は一日じゅうカラスみたいに海辺に横たわり、陽射しで肌の黒さを焼き払うつもりだった。波間に分けいって、洗濯機が黒い敷物をぐるぐるまわして洗うように、波にぐるぐるまわされるのもいいかもしれない。そして砂浜に吐きだされ、あえぎながら体を乾かし、陽射しにこんがり焼かれる。やがてそこに横たわっている彼は、年老いたけものの痩せ細った骸骨みたいに、真っ白で清潔でさわやかになるのだ。

保証付きと壜の赤い文字がいっていた。その言葉が心のなかで燃えあがった。**保証付き！**

「ウォルター」と母さんは呆然としていうだろう。「あんたの身になにが起きたの？　ねえ、ホントにあんたなの？　まあ、ミルクみたいじゃない。雪みたいだわ！」

暑い日だった。ウォルターは板張り遊歩道に寄りかかり、靴を脱いだ。背後ではホットドッグ屋台が、フライにされた空気のゆらめく光と、玉葱《たまねぎ》とパンとフランクフルト・ソーセージの匂いを立ちのぼらせていた。ざらざらして、筋張った顔の男がウォルターに目を向けたので、ウォルターは恥ずかしげに会釈し、目をそらした。ややあって、小さな木戸がバタンとあき、鈍い足音が近づいてきた。男がウォルターを見おろした。片手に銀色のへらを持ち、脂じみて灰色になったコックの帽子をかぶっている。

「あっちへ行きな」と男はいった。

「なんとおっしゃいました？」

「黒んぼのビーチはあっちだっていったんだ」男はその方向に首をかしげた。そちらに目をやらず、ウォルターだけを見ながら。「おれの店の前に突っ立っててほしくないんだ」

　ウォルターはびっくりして、男に向かって目をしばたたき、「でも、ここはカリフォルニアですよ」といった。

「おれに逆らおうっていうのか？」と男。

「とんでもありません。ここは南部じゃないっていっただけです」

「おれのいるとこは、どこだろうと南部なんだ」男はそういうと、ホットドッグ屋台へもどり、ハンバーガー用の肉をグリドル（フライパン状の鉄盤）にたたきつけて、へらで平らにのばしながら、ウォルターをにらみつけた。

　ウォルターは長くしなやかな体の向きをぐるっと変え、北へ向かった。この海水浴場の驚異ともの珍しさが、寄せ波と絶えず移り変わる砂となってもどってきた。板張り遊歩道のどんづまりで、彼は足を止めてしゃがみこんだ。

ひとりの白人少年が、白砂の上でゆったりと体を丸め、楽な姿勢で寝そべっていた。ウォルターの大きな瞳にとまどいの光が輝いた。すべての白人は奇妙だが、この白人はすべての白人の奇妙さをひとつにまとめたものだった。ウォルターは目を離さないようにしながら、褐色の足を組んだ。白人少年は、砂浜でなにかを待っているようだった。白人少年はしきりに自分の腕に向かって顔をしかめ、腕をなでたり、肩ごしに目をやったり、自分の背中の曲線を眺めたり、下腹部や引き締まってすっきりした脚をちらっと見たりしていた。

ウォルターはおずおずと板張り遊歩道から離れた。恐る恐る砂を踏み、落ち着かなげに立つ。期待をこめて白人少年のそばに、唇をなめながら、影を落として。

白人少年は、糸の切れたあやつり人形のように、全身の力を抜くと、手足を広げてうつぶせになった。長い影がその手を横切ると、のんびりとウォルターを見あげてから目をそらし、またもどした。

ウォルターは歩み寄り、照れ笑いを浮かべると、まるで白人少年がほかのだれかを見ているかのように、あたりを見まわした。

少年がにやりとして、「やあ」

ウォルターはひどく静かにいった。「こんちは」

「いい天気だ」

「たしかに」ウォルターはにっこりした。

彼は動かなかった。長く繊細な指を体の脇につけたまま、頭の上の短く刈りこまれた黒髪を風になぶらせていた。とうとう白人少年がいった。「すわれよ！」

「ありがとう」ウォルターは、すぐさまいわれたとおりにした。

少年が四方に目を動かし、「今日は人出がすくないな」

「シーズンの終わりだから」と注意深くウォルター。

「ああ。先週学校がはじまった」

間《ま》。ウォルターがいった。「卒業したの？」

「この六月に。夏じゅう働いてたんだ。ビーチに来る暇もなかった」

「その失った時間の埋め合わせかい？」

「ああ。もっとも、二週間でどれだけ日焼けできるかはわからないけど。十月一日にシカゴへ行かなけりゃならないんだ」

「へえ」とうなずきながらウォルター。「きみをここで見かけたよ、ここんところ毎日。不思議に思ってたんだ」

少年はため息をつき、組んだ腕に頭をあずけて、「ビーチに優《まさ》るものなしさ。名前はなんていうんだ？　おれはビル」

「ぼくはウォルター。こんちは、ビル」

「やあ、ウォルト」

波が岸辺に打ち寄せた、そっと、きらきら光りながら。

「ビーチは好きかい?」とウォルター。

「もちろんさ。去年の夏のおれを見てほしかったよ!」

「きっと真っ黒焦げだったんだろうね」

「とんでもない、焦げたことなんかないよ。ただひたすら黒くなったんだ。どれくらい黒くなったかというと、ちょうど黒ん——」白人少年は口ごもって言葉を途切れさせた。顔を真っ赤にして、「相当に黒くなったんだ」とばつが悪そうに、ウォルターを見ずに、しどろもどろにいい終える。

気にしてないところを見せようとして、ウォルターはほとんど悲しげにかぶりをふりながら、くすりと笑った。

ビルは奇妙な目つきで彼を見あげ、「なにがおかしいんだ?」

「なんでもない」とウォルター。白人少年の長く青白い腕と、黒くなっていない脚と下腹部に目をやり、「べつになんでもないよ」

ビルは白猫のようにのびをして陽射しを受け、くつろいだ骨という骨に陽光が射しこむようにした。「シャツを脱げよ、ウォルト。すこし陽を浴びろよ」

「いや、遠慮しとくよ」とウォルター。

「どうして?」

「日焼けするから」

「ホー!」と白人少年が叫んだ。それからさっところがって、片手で口に蓋をして自分を黙らせた。目を伏せ、また視線をあげて、「ごめん。冗談かと思った」

ウォルターは首を曲げ、長く美しい睫《まつげ》をしばたたいた。

「謝らなくていいよ」と彼はいった。「きみがそう思うのはわかってた」

ビルはウォルターをはじめて見るような目つきで見た。ひどく照れくさくなって、ウォルターは素足を腿の下にたくしこんだ。なぜなら、黄褐色のゴム長靴にそっくりだ、という思いがにわかにこみあげてきたからだ。ほんとうに来るとは思えない嵐のせいでくたびれた、黄褐色のゴム長靴に。

ビルはとまどい顔で、「それは考えたことなかった。知らなかったんだ」

「よし、日焼けしよう」とウォルター。「ぼくはシャツを剝ぎとるだけでいい。そうしたらドカーン、たちまち火膨れさ！　よし、日焼けしよう」

「すまなかった」とビル。「ホントにすまなかった。知ってて当然だったのに。そういうことはめったに考えないんだ」

ウォルターは片方の掌のなかで砂をいじり、「ああ」とゆっくりといった。「たぶん考えないんだろうね」起きあがり、「さて、そろそろホテルにもどったほうがいいな。キッチンでママの手伝いをしなきゃ」

「またな、ウォルト」

「またね。明日もあさっても」

「オーケー。あばよ」

ウォルターは手をふり、足早に丘を登った。登りきったところでちらっとふり返った。ビルは砂浜にまだ寝そべって、なにかを待っていた。

ウォルターは唇をかみ、地面に向けて指をふった。

「まいったな」と声に出していう。「あいつは頭がイカレてるぞ！」

まだ幼かったころ、ウォルターはものごとを逆転させようとしたことがある。学校の先生が魚の絵を指さして、いったのだ——

「いいですか、この魚が真っ白で色がないのは、何世代もマンモス・ケイヴ（ケンタッキー州中部の大鍾乳洞）の奥深くで生きてきたからなんです。目が見えないのは、見る器官がいらないからで——」

遠いむかしのその日の午後、ウォルターは息せき切って学校から家へ帰り、逸《はや》る気持ちを抑えきれずに、後見人ミスター・ハムデンの家の屋根裏部屋へ隠れたのだった。戸外では、アラバマの灼熱の太陽が照りつけていた。樟脳の匂いのたちこめる暗闇のなか、ウォルターはうずくまり、心臓の鼓動を聞いていた。ネズミが汚い床板をカサカサと横切った。

いいことを思いついたのだ。白人は陽射しを浴びて働くと黒くなる。黒人の少年は暗闇に隠れると白くなる。そうに決まってる！　理屈に合うってもんじゃないか。逆も真なりっていうじゃないか。

彼はその屋根裏部屋にとどまった。やがてお腹がすいて降りるしかなくなった。夜だった。星々が輝いていた。

彼は両手をじっと見つめた。

あいかわらず褐色だった。

でも、朝まで待ちさえすればいいんだ！　これは気にしなくていい！　夜に変化は見えっこないんだ！　待ちさえすればいい、待ちさえすれば！　息を吸いこむと、彼は古い屋敷の階段を一気に駆けおり、木立のなかに立つママの掘っ建て小屋まで急いでもどると、ベッドに忍びこんだ。両手をポケットに入れたまま、目を閉じたままにして。あれこれ考えているうちに、眠りに落ちた。

朝が来て目をさますと、小さな窓から射しこむ光の檻が、彼をすっぽりと包んでいた。真っ黒い腕と手は、変化せずにぼろぼろのキルトの上に載っていた。

彼は大きなため息をもらし、枕に顔を埋《うず》めた。

毎日午後になると、ウォルターは板張り遊歩道へ引きもどされた。いつもぐるっと大まわりして、ホットドッグ屋台の主人とそのグリルには近づかないように気をつけた。大きなことが起きている、とウォルターは思った。大きな変化、進歩が。この終わりかけた夏の細部に目をこらせば、いろいろと考えが湧いてくるだろう。この先夏が終わるまで、彼は夏を理解しようとするだろう。秋が高潮となって迫りあがり、いまにも崩れそうなのに、宙ぶらりんになって、彼の上にかかっていた。

ビルとウォルターは毎日話をした。毎日の午後が過ぎ、そばに置かれた二本の腕が似通いはじめた。ウォルターにとっては奇妙に満足のいく眺めであり、彼はこの出来事をうっとりと見まもった。ビルが計画し、あれほど辛抱強く時間をかけて起こそうとしてきたことを。

ビルは片方の青白い手で砂に模様を描いた。その手は日一日と黒くなった。指の一本一本が陽射しに染められた。

土曜日と日曜日には、もっと大勢の白人少年が姿をあらわした。ウォルターは立ち去ろうとしたが、ビルが行くなと大声でいった。遠慮するなよ、莫迦だなあ！　そしてウォルターは彼らの仲間に加わってバレーボールをした。

夏が彼らをひとり残らず砂の炎と海水の炎に投げこんだ。やがて彼らはゆすがれ、黒いものを塗られた。生まれてはじめて、ウォルターは人々の一部になった気がした。彼らはウォルターの肌でみずからを覆うことを選んだのだ。そしてネットの両側で黒くなりながら踊り、ボールと笑い声を往復させ、ウォルターと取っ組みあい、彼と冗談をいいあい、彼を海へ投げこんだ。

とうとう、ある日ビルがウォルターの手首の骨をぴしゃりとやって、叫んだ。「見てくれ、ウォルター！」

ウォルターは見た。

「おれのほうがきみより黒いぞ、ウォルト！」ビルが驚き顔で叫んだ。

「まいったな、まいったよ」とウォルターはつぶやき、視線を手首から手首へ移した。「うむむ。ほんとうだ、たしかに黒いよ、ビル。たしかに黒い」

ビルはウォルターの手首に指を載せたままだった。不意に呆然とした表情を浮かべ、顔をしかめるようにして、下唇をだらりとさせた。いろいろな思いがその目のなかで去来しはじめた。彼は鋭い笑い声をあげ、さっと手をひっこめて、海を見やった。

「今夜は白いスポーツ・シャツを着るよ。絶対にイカシて見えるぜ。白いシャツと日焼けした肌――すごいぞ！」

「きっとすてきだろうね」とウォルター。ビルが見つめているものを見ようと目をやり、「たくさんの有色人種が黒い服とワインカラーのシャツを着るのは、顔が白っぽく見えるようにするためなんだ」

「そうなのかい、ウォルト？　そいつは知らなかった」

ビルはそわそわしているようだった。まるであつかい切れないことを考えついたかのように。まるでそれがすばらしいアイデアであるかのように、彼はウォルターにいった。

「なあ、ここに小銭があるから、ホットドッグを二本買ってきてくれよ」

ウォルターは感謝の意をこめて笑みを浮かべ、「あのホットドッグ屋は、ぼくのことを嫌ってるんだ」

「とにかく、小銭を持って行けよ。そんなやつ気にすんな」

「わかったよ」とウォルターは渋々いった。「マスタードとケチャップはつけるのかい？」

「どっちもつけてくれ！」

ウォルターは熱い砂浜をはずむように横切った。遊歩道に飛びあがり、いい匂いのする屋台の影へすべりこむ。そこに堂々と背すじをのばして立ち、高いはっきりした声で、「ホットドッグふたつ、マスタードとケチャップをつけて、持ち帰りでお願いします」といった。

カウンターのうしろの男は、へらを握っていた。男はウォルターの頭のてっぺんから爪先までじろじろ見ただけだった。痩せた指のなかでへらがひくついた。男は口をきかなかった。

そこに立っているのに飽きると、ウォルターは向きを変え、歩み去った。

大きな掌のなかでお金をジャラジャラいわせながら、ウォルターは気にしないふりをして歩いていった。ジャラジャラいう音が止まったのは、ビルにつかまれたときだった。

「どうした、ウォルト？」

「あの男は穴のあくほどぼくを見た。それだけだよ」

ビルが彼をまわれ右させ、「行くぞ！　ホットドッグを手に入れるか、手に入れられない理由を突き止めるかだ！」

ウォルターはためらい、「トラブルはご免だよ」

「オーケー。ちくしょう。おれがホットドッグを買ってくる。きみはここで待ってろ」

ビルが走っていき、影になったカウンターに寄りかかった。

つぎの十秒に起きたことを、ウォルターははっきりと見聞きした。

ホットドッグ屋がさっと首をもたげてビルをにらんだ。男は叫んだ。「ちくしょう、黒んぼめ。また来やがったのか！」

沈黙がおりた。

ビルはカウンターごしに身を乗りだし、待った。

ホットドッグ屋があわてて笑い声をあげ、「おっと、しまった。こんちは、ビル！光が海に反射して――おまえさんまるっきり――なんにする？」

ビルは男の肘をつかみ、「おれが買ってもいいのか？　おれのほうがあいつより黒いぞ。どうしておれのケツにキスするんだよ？」

主人はしどろもどろに返事をした。「なあ、ビル、おまえさんが照り返しを浴びて立ったから――」

「地獄へ堕ちやがれ！」

ビルはまぶしい光のなかへ出てきた。日焼けの下で青ざめて。ウォルターの肘をとり、歩きはじめる。

「行こう、ウォルト。腹は減っちゃいない」

「変だな」とウォルターはいった。「ぼくもだ」

その二週間が終わった。秋が訪れた。二日にわたって、冷たく塩辛い霧がたちこめ、ウォルターは二度とビルに会えないだろうと思った。彼はひとりきりで板張り遊歩道を歩いた。ひどく静かだった。警笛の音ひとつなかった。最後まで残っていたホットドッグ屋台の木造部分がたたき壊され、しっかりと釘付けされていた。そして孤独な大風が、肌寒い灰色のビーチに吹いていた。

火曜日には短い晴れ間があり、なんと、ビルが人けのないビーチでぽつんと体をのばしていた。

「最後にもう一回だけ来ようと思ってね」ウォルターがかたわらに腰をおろすと、ビルがいった。「まあ、二度と会うこともないだろう」

「シカゴへ行くのかい?」

「ああ。どっちみち、もうここには陽射しはない。とにかく、おれが好きなような陽射しはないんだ。東へ行ったほうがいい」

「そのほうがいいと思うよ」とウォルター。

「いい二週間だった」とビル。

ウォルターはうなずき、「とびっきりすばらしい二週間だった」

「だいぶ日焼けした」

「たしかに」

「でも、もう剝がれはじめてる」と残念そうにビル。「時間をかけて、日焼けがいつまでも落ちないようにできればいいのに」肩ごしに背中に目をやり、両肘を曲げ、指でつかむような仕草をして、「ほら、ウォルト、このろくでもないものは剝がれかかってる。おまけにかゆいんだ。よかったら、剝がしてくれないか？」

「お安い御用さ」とウォルター。「うつぶせになって」

ビルが無言でうつぶせになると、ウォルターは目を輝かせて手をのばし、やさしく皮膚を引きはがした。

ひと切れひと切れ、一枚一枚と彼はビルの筋肉質の背中、肩胛骨、首、背骨の黒っぽい皮膚を剝がしていった。その下のピンクがかった裸の白い皮膚があらわれ出た。剝がしおえると、ビルは素っ裸で、孤独で、小さく見え、ウォルターは自分がビルになにかをしてしまったが、ビルは従容《しょうよう》としてそれを受け入れ、くよくよしていないことを悟った。するとたちまちウォルターのなかで大きな光が輝いた。ひと夏分の光が！

彼がビルにしたことは、正しく自然なことであり、それから逃げたり、避《よ》けたりするすべはなく、それはあるがままであり、そうでなければならないのだ。ビルは夏じゅう待ちつづけ、なにかを得たと思ったが、本当は最初からなかったのだ。あると思っただけだったのだ。

風が皮膚の切れ端を吹きとばした。

「きみはあれのために七月と八月、ずっとここに寝そべっていたんだよ」ウォルターはゆっくりといった。皮膚の切れ端を落とし、「そしてこうなる。ぼくは生まれてからずっと待っていたけど、やっぱりこうなる」彼は誇らしげに背中をビルに向けた。悲しそうでもあり、うれしそうでもあり。だが、心安らかにこういった――

「さあ、ぼくの黒いのを剝がしてごらんよ！」

島

The Island

1952

冬の夜が白いかけらとなって、ランプに照らされた窓ぎわを流れていく。行列はいま整然と進んでいたかと思えば、つぎの瞬間にはくるくるとひるがえる。だが、こやみなく降っては積もり、静寂で深淵を満たすのをやめない。

その家はありとあらゆる継ぎ目、窓、ドア、天井窓に鍵がかけてある。それぞれの部屋でランプがおだやかに輝いている。家は息をひそめ、ぬくぬくとまどろんでいる。放熱器がため息をつく。冷蔵庫が静かにうなる。書庫では、ライムグリーンのほや付きランプの下、白い手が動き、ペンが走り、顔がうつむいて、偽りの夏の空気にさらされて乾いたインクに向かう。

二階のベッドの上では、ひとりの老女が読書をしている。廊下をはさんだ押し入れ部屋では、その娘がリンネルの仕分けをしている。その上の屋根裏部屋では、三十代もなかばを過ぎた息子がタイプライターをそっとたたいて、くしゃくしゃに丸めた紙をまた一枚、敷物の上で大きくなる山に加えている。

一階では、キッチン・メイドが夕食用のワイングラスをふき終え、澄んだ鐘の音《ね》を響かせながら棚に並べると、手をふき、髪をととのえ、ランプのスイッチに手をのばす。そのときだった。雪の降る冬の夜の家に住む五人すべての耳に、ふだんとちがう音が届いたのは。

窓が割れる音。

真夜中の池で月色の氷がひび割れるような音だった。

老女はベッドの上で半身を起こした。末の娘はリンネルの仕分けをやめた。タイプしたページをくしゃくしゃにしかけていた息子は凍りつき、紙を握りつぶした。

書庫では、長女が息をこらえ、ページの途中で黒っぽいインクが乾くにまかせた。そのシューシューいう音が聞こえるようだった。

キッチン・メイドは、ランプのスイッチに指をかけたまま立ちつくした。

音はしない。

静寂。

そしてどこか遠くの壊れた窓から、冷たい風がささやくように吹きこんで、廊下をさまよった。

それぞれの頭が、べつべつの部屋のなかでめぐらされた。最初に見えたのは、カーペットの毛羽のごくわずかな揺れ。それぞれの呼吸するドアの下から風がはいってくるところだ。つづいて視線は真鍮のドア錠にさっと移った。

それぞれのドアには独自の防備がある。それぞれが自動かんぬき、チェーン錠、かんぬき、鍵を一式とりそろえているのだ。みんなの分別が飛び去るまで、長年にわたり奇矯なふるまいでみんなをキリキリ舞いさせてきた母親が、まるでそれぞれが貴重ですばらしい新たな静物であるかのように、ドアを管理してきたのだった。

病気でベッドに伏せりがちになる前の歳月、彼女は一瞬にして砦になれない部屋は恐ろしいと公言していたのだ！　女手ばかりの家（息子のロバートは、その見張り台からめったに降りてこない）には、盲目的な貪欲、嫉妬、陵辱から成る世界に対する迅速な防御が必要なのだ、情欲は冬になってもたいして弱まらないのだから、と。

彼女はそういってはばからなかった。

「あんなにたくさんの錠はいらないわ！」ずっとむかしアリスが抗議した。

「いつかその日が来るわ」と母親は答えた。「たったひとつの頑丈なエール錠に感謝する日がね」

「でも、泥棒は」とアリス。「窓を割って、下枠の錠をはずすだけで――」

「窓を割るですって？　それでわたしたちに警戒させるの？　莫迦ばかしい！」

「せめて銀行にお金をあずければ、こんなに大げさでなくてすむのに」

「もういちど、莫迦ばかしい！　わたしは一九二九年に学んだの、堅い現金はやわらかい手から遠ざけておくことを！　枕の下には銃があるし、ベッドの下にはお金があるわ！　オーク・グリーン島の第一国立銀行はこのわたしよ！」

「四万ドルの資産しかない銀行ですって?!」

「お黙り！　埠頭に立って、漁師になにもかも教えたらどう？　おまけに、悪いやつの目当ては現金だけじゃないの。あなた自身、マデライン――このわたしなのよ！」

「母さん、母さん。おばさんばかりなのよ、現実から目をそらさないで」

「女なのよ、忘れないで、女なの。ほかのピストルはどこ？」

「各部屋に一挺ずつよ、母さん」

かくして季節から季節、年から年へ自宅の火砲に弾薬が装塡され、天井窓が開け閉めされた。バッテリーを使用するインターフォン回路が、階上と階下に設置された。娘たちはインターフォンを笑顔で受け入れた。すくなくとも、階段の上へ向かって叫ばなくてもすむからだ。

「ついでに」とアリスがいった。「外線を切ったらどう？　ずいぶん前から、マデラインにもあたしにも、湖の反対側の町から電話なんかありゃしないんだから」

「電話なんかはずしちゃいなさい！」とマデライン。「毎月すごくお金がかかるのよ！　あっちに電話をかけたい相手なんかいる？」

「田舎者め」と屋根裏部屋に向かいながらロバート。「ひとり残らずだ」

そしていま、この深い冬の夜中に、たったひとつの寂しい音。窓ガラスの砕ける音。ちょうどワイングラスがパリンと割れるような、ぬくぬくした冬の長い夢が壊れるような。

この島の家に住む五人全員が、白い彫像と化した。

それぞれの部屋の窓をのぞきこめば、博物館の展示室を思い浮かべても不思議はない。恐怖で剝製にされたそれぞれの動物が、最後の警戒――認識――の瞬間を示している。それぞれのガラスの目玉には光が宿っている。ちょうど昼下がりの林のなかで、ぎくっとして動きを止めた鹿が、ゆっくりと首をめぐらし、ライフルの長く冷たい鋼鉄の銃身に気づいて見つめるとき、永久に記憶に刻まれるような光が。

五人それぞれが、気がつくとドアに注意を釘付けにされていた。

それぞれが悟ったのは、その待っているドア、鍵をかける用意のできたドアと自分のベッドなり椅子なりとが、大陸ひとつ隔てられていることだった。肉体にとってはとるに足らない数ヤード。だが、精神にとっては膨大な心理的距離。彼らが身を躍らせる短い距離、かんぬきをすべらせ、鍵をまわすための長い距離を進むあいだ、廊下のなにかは同じくらいの空間を飛び越えて、まだ鍵のかかっていないドアを押しあけるのではないか⁉

この考えが、電光のすばやさで、それぞれの頭をかすめた。それは彼らをつかまえた。彼らを離そうとしなかった。

第二の慰めになる考えが、つぎに浮かんだ。

なんでもない、とそれはいった。風が窓を割ったのだ。木の枝が落ちたのだ、そうにちがいない！　それとも、冬の大好きなどこかの子供が、夜中に音もなく、あてどなくさまよう途中に投げた雪玉か……。

家に住む五人すべてがいっせいに起きあがった。

廊下が風で震えた。白いものが家族の顔にちらちらと降りかかり、恐怖に見開かれた目に降りそそいだ。全員が自分の部屋のドアをつかみ、開いて、首を突きだし、「木の枝が落ちたんだよ、そうに決まってる！」と叫ぼうとしかけたとき、またべつの音がした。

カチャンという金属音。

つづいて、どこかの窓が、巨大なギロチンの無慈悲な刃のように、あがりはじめた。それは木をえぐっただけの溝をすべりあがった。大きな口をあんぐりあけ、冬を呼びこんだ。

家じゅうのドアが乱打され、蝶番と敷居が悲しい声をあげた。

突風が、ありとあらゆる部屋のランプを吹き消した。

「電気なんかいらない！」と何年も前に母親がいった。「町からの贈り物なんかいらない！　自給自足がうちのモットーよ！　なにも与えず、なにも受けとらずが」

その声が過去から浮かびあがってきた。

石油ランプがパッと消えたとたん、それぞれの部屋で、恐怖が薪《まき》と暖炉よりも、まどろむ石炭よりも赤々と燃えあがった。

アリスは、青ざめた光を放つそれが頬で燃えるのを感じた。眉間で燃えあがる恐怖で本が読めそうだった。

するべきことはひとつしかないように思われた。

いっせいに突進する。それぞれの部屋で、ひとつ上か下の部屋とそっくり同じに。四人が自分のドアに身を躍らせ、あわてて施錠し、かんぬきをかけ、チェーンをかけ、鍵をひねったのだ！

「安全だ！」彼らは叫んだ。「鍵をかけたから安全だ！」

こうしなかったのはひとりだけ。メイドだ。彼女はこの常軌を逸した家に毎日数時間しかおらず、母親の激しい狼狽と恐怖には染まっていなかった。芝生、生け垣、塀から成る幅広い濠の向こう側の町で長年暮らして実際家になっていた彼女は、一瞬しか考えなかった。それから救いとなるはずが、絶望を呼びこむ動作になった行動をした。キッチンのドアをぐいっと引いて大きくあけ、一階の主廊下へ飛びだしたのだ。はるか彼方の暗闇のなかから、冷たいドラゴンの口から風が吹いてきた。

ほかの人たちも外に出るわ！　と彼女は思った。

すばやく、彼らの名前を呼ぶ。

「ミス・マデライン、ミス・アリス、ミセス・ベントン、ミスター・ロバート！」

それからきびすを返し、開いた窓から風が吹きこむ暗闇に向かって廊下を突き進んだ。

「ミス・マデライン！」

マデラインは、リンネル室のドアにイエス・キリストのように釘付けされて、錠をもういちどひっかいた。

「ミス・アリス！」

青白い文字が酔っ払った蛾のように暗闇のなかではねまわっている書庫のなかでは、アリスが自分で閉めたドアからよろよろとさがり、マッチを見つけて、二連式のほや付きランプをつけ直した。頭が高鳴る心臓のように脈打ち、目を押しだそうとし、唇をパクパクさせ、耳をふさぐ。そのため聞こえるのは、激しい鼓動と、息を吸いこむうつろな音ばかり。

「ミセス・ベントン！」

老女はベッドのなかで身悶えし、両手で顔をいじって、溶けた肉をいまいちばん必要な呆然とした表情に作りなおそうとした。それから鍵のかかっていないドアに向けて指を広げ、「莫迦！　まぬけ！　だれかわたしのドアに鍵をかけて！　アリス、ロバート、マデライン！」

「アリス、ロバート、マデライン！」明かりの消えた廊下にこだまが響く。

「ミスター・ロバート！」

メイドの震える声が、一階から彼を呼んだ。

やがて、ひとりずつ、彼らはメイドの叫び声を耳にした。失望し、とがめるような小さな叫び声を。

そのあと雪が家の屋根にそっと降りつもった。全員が立ちつくしていた。その沈黙が意味するものを知りながら。彼らはなにか新しい音を待った。

まるで素足のように、悪夢のやわらかさでゆっくりと歩いているだれかが、廊下をただようように進んでいた。その重みで家がかしぐのが感じられた。いまはここ、と思うとあそこ、と思うとずっと先のほうで。

離れた場所にある書庫のデスクに、二台の電話機が載っていた。アリスはその片方をつかみ、フックをガチャガチャさせて、叫んだ。「交換手！ 警察につないで！」

だが、そのとき彼女は思いだした。もうマデラインやあたしに電話してくる人はいないわ。ベル社にいってて線をはずしてもらって。町に知り合いはいないもの。

実際的になりなさい、と母親がいったのだった。電話機はそのままにしておくの。線をつなぎ直すと決めたときにそなえて。

「交換手！」

彼女は受話器を放りだし、それに向かって目をしばたたいた。まるでそれが、簡単きわまりない芸を仕込もうとしてもいうことを聞かない動物であるかのように。ちらっと窓に目をやる。あれを押しあげて、身を乗りだし、声のかぎりに叫ぶのよ！ ああ、でも隣人はぬくぬくと閉じこもり、それぞれの部屋で自分のことに没頭している。それに風も絶叫しているし、あたり一面が冬で夜。墓場に向かって叫ぶようなものだ。

「ロバート、アリス、マデライン、ロバート、アリス、マデライン！」

母親が絶叫している。莫迦みたいに闇雲に。

「わたしのドアに鍵をかけて！　ロバート、アリス、マデライン！」

聞こえる、とアリスは思った。みんなに聞こえてる。そしてあいつにも聞こえるんだわ。

彼女は二台めの電話をつかみ、三度ぐいっとボタンを押した。

「マデライン、アリス、ロバート！」母親の声が廊下を吹きぬける。

「母さん！」アリスは電話に向かって叫んだ。「大声を出さないで、あいつに居場所を教えないで、あいつの知りもしないことを教えないで！」アリスはまたボタンをぐいっと押した。

「ロバート、アリス、マデライン！」

「電話に出て、母さん、お願いだから、出て――」

カチリ。

「もしもし、交換手」母親のざらざらした金切り声。「助けて！　鍵をかけて！」

「母さん、アリスよ！　静かにして、あいつに聞こえるわ！」

「ああ、神さま！　アリス、ああ、神さま、ドアよ！　ベッドから出られないのよ！

莫迦みたい、あれだけ錠をつけたのに、鍵をかける方法がないなんて！」

「ランプを消して！」

「助けて、アリス！」

「いま助けてるところ。聞いて！　銃を見つけて。明かりを吹き消して。ベッドの下に隠れるの！　やって！」

「ああ、神さま！　アリス、ドアに鍵をかけに来ておくれ」

「母さん、聞いて！」

「アリス、アリス！」マデラインの声。「なにがあったの？　怖いわ！」

またべつの声。「アリス！」

「ロバート！」

彼らは金切り声をあげたり、わめいたりした。

「だめ」とアリス。「静かにして、いちどにひとり！　手遅れになる前に。あたしたち全員が。聞こえる？　銃をとって、ドアをあけ、廊下に出るの。あたしたちみんなであいつに立ち向かうの。いい?!」

ロバートはすすり泣いた。

マデラインはむせび泣いた。

「アリス、マデライン、子供たち、お母さんを助けて！」

「母さん、黙って！」アリスは浮き足立ち、単調な声でくり返した。「ドアをあけて。あたしたちみんなで。できるわ！　さあ！」

「あいつにやられるわ！」とマデラインが絶叫した。

「だめだ、だめだ」とロバート。「無駄だよ、無駄！」

「ドア、わたしのドア、鍵がかかってない」と母親が叫ぶ。

「聞いてちょうだい、みんな！」

「わたしのドア！」と母親。「ああ神さま！　開きかけてるわ、いま！」

廊下に悲鳴が響きわたり、同じ悲鳴が受話器から聞こえた。

ほかの者たちは手のなかの受話器を見つめた。そこでは彼らの心臓だけが打っていた。

「母さん！」

二階でドアがバタンと閉まった。

悲鳴がぷっつりと途絶えた。

「母さん！」

母さんがわめきさえしなければ、とアリスは思った。あいつに居所を教えさえしなければ。

「マデライン、ロバート！　銃をとって。五つ数えるから、いっせいに飛びだすの！
一、二、三――」
ロバートがうめいた。

「ロバート！」

彼は受話器を握ったまま床に倒れた。そのドアはいまだに施錠されていた。心臓が止まったのだ。手のなかの受話器が叫んだ。「ロバート！」彼はぴくりともしなかった。

「あいつはいまあたしのドアの前にいるわ！」と冬の家の二階にいるマデライン。

「ドアごしに撃つのよ！　撃って！」

「つかまってたまるもんですか、あいつの思いどおりにはさせないわ！」

「マデライン、聞いて！　ドアごしに撃つのよ！」

「あいつは錠をいじってる、はいって来るわ！」

「マデライン！」

一発。

一発、そして一発だけ。

アリスは書庫にひとり立ち、手のなかの冷たい受話器を見つめていた。いまそれは完全に沈黙していた。

不意に二階の暗闇のなか、ドアの外、廊下にその闖入者が見えた。薄笑いを浮かべて、羽目板をそっとひっかいている。

銃撃！

暗闇のなかの闖入者が下を見る。すると施錠されたドアの下から、ゆっくりと、血がちょろちょろと流れてくる。血は細い筋となり、ひっそりと、真っ赤に流れている。このすべてをアリスは見た。このすべてを知った。二階の廊下の暗い動きが聞こえたのだ。だれかが部屋から部屋へと移動し、ドアを試して、沈黙を見つけているところが。

「マデライン！」彼女は受話器に向かって力なくいった。「ロバート！」彼らの名前をむなしく呼んだ。「母さん！」目を閉じた。「なんでいうことを聞いてくれなかったの？最初にあたしたちみんなが——飛びだしていたら——」

静寂。

雪が音もなく渦を巻き、円錐を描いて降りつもり、芝生の上にひっそりと積みあがっていった。彼女はいまひとりぼっちだった。

よろよろと窓まで行き、錠をはずすと、無理やり押しあげ、その向こうの防風窓を鉤からはずし、押しあける。それから窓枠にまたがり、体の半分を家という静まりかえった暖かな世界に入れたまま、もう半分を雪の降る夜に出した。彼女は長いことすわったまま、鍵のかかった書庫のドアを見つめていた。真鍮のノブがいちどひねられた。ノブがまわるのを彼女は魅入られたように見まもった。輝く目のように、それは彼女をとらえて離さなかった。

そこまで歩き、掛け金をはずして、お辞儀をし、夜を、恐怖の形を招き入れたいような気がした。そうすれば、ほんの一撃で島の砦を破壊しつくした者の顔がわかるから。気がつくと彼女は銃を握っており、それをかまえて、ガタガタ震えながら、ドアをねらっていた。

真鍮のノブが時計まわりに、反時計まわりに回転した。暗闇がその向こうの暗闇のなかに立ち、あえいでいた。時計まわり、反時計まわり。その上には目に見えない薄笑い。

目をつむって三発撃った！

目をあけると、銃弾が広く散ってしまったのが見えた。一発は壁に、もう一発はドアのいちばん下に、残る一発はいちばん上に。彼女は自分の臆病な手を一瞬見つめ、銃を投げ捨てた。

ドアノブが左右にまわった。最後に見えたのがそれだった。目のように光るピカピカのドアノブ。

彼女は身を乗りだし、雪のなかへ落ちていった。

数時間後、警察といっしょにもどって来たとき、静寂から逃げだした自分の足跡が雪のなかに残っていた。

彼女と保安官とその部下たちは、裸の木々の下に立ち、家を見つめた。

それは暖かく居心地がよさそうに見えた。いまいちど煌々と明かりがともり、荒涼とした風景のなかで光り輝く喜びの世界のように思えた。玄関ドアが大きく開いており、雪が吹きこんでいた。

「なんてこった」と保安官がいった。「やつは玄関ドアをひょいとあけて、ぶらぶらと出ていったにちがいない。ちくしょう、人目につくのもおかまいなしだ！　恐れいったよ、なんて神経だ！」

アリスは身動きした。千匹の白い蛾が、彼女の目を軽くたたいた。彼女は目をしばたき、じっと目をこらした。と、ゆっくりと、静かに、喉がひくつきはじめた。

彼女は笑いだし、それは押し殺したすすり泣きで終わった。

「見て！」彼女は叫んだ。「ああ、見てちょうだい！」

彼らは見た。すると第二の足跡が目に飛びこんできた。それは正面ポーチの階段から、白くやわらかなビロードの雪のなかへ整然とのびていた。この足跡は一定の歩幅で、落ち着き払い、前庭を横切り、自信に満ちた深い足どりで、寒い夜と雪の降りしきる町へ消えていくのが見てとれた。

「あいつの足跡」アリスは身をかがめ、手をのばした。測ってから、かじかんだ指を押しつけて足跡を覆おうとした。声をはりあげ、

「あいつの足跡。ああ、神さま、なんて小男なの！　足のサイズがわかるでしょう、ほら！　ああ、なんて小男なの！」

彼女が四つん這いになってすすり泣いているあいだにも、風と冬と夜は彼女にやさしく親切をほどこした。彼女の目の前で、雪が足跡のなかとまわりと上に降りつもり、足跡をなだらかにし、ふさぎ、ぬぐいとった。やがてついには、その小ささの記憶もなくなり、跡形もなく消え去った。

そのとき、ようやくそのときになって、彼女は泣きやんだのだった。

夜明け前

Sometime before Dawn

1950

ことによると深夜の泣き声、ヒステリーだったのかもしれない。つづいて激しくしゃくりあげる声。そのあと、それはため息に変わり、壁ごしに夫の声が聞こえる。「よしよし」と彼はいうのだった。「よしよし」

わたしは夜のベッドに仰向けになり、耳をすまして考えるのがつねだった。壁のカレンダーによれば、二〇〇二年八月。男とその妻は若く、ふたりとも三十歳くらい。見るからに潑剌としていて、明るい色の髪と青い瞳の持ち主だが、口のまわりに皺がある。ふたりは、わたしが食事をとり、繁華街の図書館へ用務員としてそこから通《かよ》っている下宿屋に越してきたばかりだった。

来る夜も来る夜も同じことだった。壁の向こうで妻が泣き、夫が静かな声で妻をなだめるのだ。なにが原因だろうと聞き耳を立てるが、わかったためしはない。夫のいったことでもなければ、したことでもない。その点はまちがいない。じっさい、深夜、午前二時ごろになると、ひとりでにはじまるのはまずたしかだ。おそらく、妻が目をさますのだろう。そしてまず恐怖に満ちた金切り声があがり、泣き声が延々とつづくのだ。おかげでわたしは悲しくなった。年寄りではあるが、女の泣き声は大嫌いだ。

ふたりがここへやってきた最初の夜を憶えている。ひと月ほど前、ある八月の晩のことで、イリノイ州の僻地にあるこの町へやってきたのだ。家という家が暗く、ポーチに出ているだれもが、アイスクリーム・キャンディーをなめていた。たしか一階のキッチンを歩いてぬけ、しみついた料理の匂いのなかに立ち、姿の見えない犬が、焜炉の下で金属皿から水をピチャピチャ飲んでいる音を聞いたのだった。洞穴のなかの水のような、夜の音を。そして居間をぬけて、暗がりにはいった。家主のミスター・フィスクが、顔を紅潮させながら、いっこうに働こうとしないポンコツのエアコンをしきりにいじりまわしていた。しまいに彼は夜の熱気にあてられて、表の蚊除けポーチへ出ていった――ミスター・フィスクによれば、それは蚊専用に作られているそうだが、とにかくそこへ出ていった。

わたしはポーチに出て、腰をおろし、葉巻の包装を解いて、しつこい蚊を追い払った。そこにはフィスクおばあちゃん、アリス・フィスク、ヘンリー・フィスク、ジョゼフ・フィスク、ビル・フィスク、それ以外に六人の下宿人がいて、だれもがエスキモー・パイ（チョコレートで覆った棒付きアイスクリーム）をなめていた。

そのときだった、男とその妻が、まるで濡れた黒っぽい草むらから飛びだしてきたかのように、階段のいちばん下に忽然とあらわれ、夏の夜のサーカスの観客のように、わたしたちを見あげたのは。荷物はなかった。いつもそのことを思いだす。荷物はなかった。そして衣服は、ふたりに合っていないように思えた。

「食べて眠るための場所はありますか?」と男がたどたどしい口調でいった。だれもが仰天した。ことによると、最初にふたりを目にしたのはわたしだったのかもしれない。やがてミセス・フィスクがにっこりして、籐椅子から立ちあがると、進み出て、「ええ、部屋はございます」

「お金はいくらかかるのでしょう?」と猛暑の暗闇のなかで男がたずねた。

「一日二十ドルです、賄《まかな》い付きで」

ふたりにはピンとこないようだった。彼らは顔を見合わせた。

「二十ドルです」とおばあちゃん。

「越してきます」と男。

「まず部屋をご覧になりたくありませんか?」とミセス・フィスク。

ふたりはふり返りながら階段をあがった。まるでだれかにつけられているかのように。

それが泣き声の聞こえた最初の夜だった。

朝食は毎朝七時半に出される、たっぷりと。何段にも重なったパンケーキ、大きな壺にはいったシロップ、島のようなバターのかたまり、何杯ものコーヒー、お好みならシリアルも。わたしがシリアルをほおばっていたとき、新来のカップルがゆっくりと階段を下りてきた。すぐには食堂にはいってこなかった。ふたりがあらゆるものをただ眺めているような気がした。ミセス・フィスクが忙しくしていたので、わたしがふたりを呼びにいった。ふたり――男とその妻――は、玄関窓の外をただ眺めていた。緑の草と楡の大木と青空をひたすら眺めていたのだ。あたかも、これまで見たことがなかったかのように。

「おはよう」とわたしはいった。

ふたりは椅子の背覆いや、食堂の戸口にかかったビーズ編みのカーテンに指を走らせていた。いちど、なにやら秘密めいたことで、ふたりとも満面の笑みを浮かべるのを見たように思った。わたしはふたりの名前を訊いた。はじめふたりはとまどったが、やがていった。

「スミスです」

食事中のみんなにふたりを紹介してまわり、ふたりは腰をおろして、食べものを眺めると、ようやく食べはじめた。

ふたりはほとんど口をきかず、話しかけられたときだけしゃべった。わたしは機会をとらえて、ふたりの顔の美しさを指摘した。というのも、顎と頬と眉間の骨格がすばらしく優美で、鼻はすっきりと筋が通り、目は澄んでいたからだ。しかし、あの口のまわりの疲れは消えることがなかった。

朝食の途中である出来事があった。それには特別な注意を払ってもらわなければならない。自動車修理工のミスター・ブリッツが、「おや、大統領は今日もまた資金集めで外出か、新聞に出てる」といった。

新来者――ミスター・スミス――が腹立たしげに鼻を鳴らし、「あのろくでなし！ ぼくはむかしからウェスターコットが大嫌いだった」

だれもが彼を見た。わたしは食べるのを中断した。

ミセス・スミスが夫に向かって眉をひそめた。彼は軽く咳払いして、食事をつづけた。ミスター・ブリッツは一瞬顔をしかめ、やがて全員が朝食を食べおえた。しかし、いまも憶えている。ミスター・スミスは、「あのろくでなし！ ぼくはむかしからウェスターコットが大嫌いだった」といったのだ。

忘れたことはない。


その夜、彼女はまた泣いた。まるで森で迷子になったかのように。わたしは一時間ほど起きていて、あれこれと考えた。

不意にとてもたくさんのことを彼らに訊きたくなった。それなのに、ふたりに会うのは不可能に近かった。ふたりが部屋にずっと閉じこもっていたからだ。

とはいえ、翌日は土曜日。庭でピンクの薔薇を見ているふたりをちょっとだけ捕まえた。立って、見ているだけで、さわってはいない。わたしはいった。「いいお日和で！」

「すてきな、すてきなお日和です！」とふたりは異口同音に叫び、それから気恥ずかしげに笑い声をあげた。

「おやおや、そこまで上天気じゃないですよ」と笑顔でわたし。

「どんなに上天気か、あなたはご存じないんです。どんなにすばらしいか、あなたはご存じないんです――きっと想像もつきませんわ」と彼女がいい、つぎの瞬間、だしぬけに涙がその目にあふれた。

わたしはうろたえて、「すいません」といった。「だいじょうぶですか?」

「はい、だいじょうぶです」彼女はチンと洟《はな》をかみ、花をすこし摘もうと遠くへ行った。わたしは赤い実のなった林檎の木を眺めていた。そしてとうとう勇気を奮い起こして、「ご出身はどちらですか、ミスター・スミス?」とたずねた。

「合衆国です」と彼はゆっくりと答えた。まるで言葉を継ぎ合わせるかのように。

「おや、てっきり――」

「外国だと思われたのですか?」

「ええ」

「ぼくたちの出身は合衆国です」

「お仕事はなにをなさってるんですか、ミスター・スミス?」

「考えます」

「なるほど」とわたし。答えが満足のいくものではなかったにもかかわらず。「ところで、ウェスターコットのファースト・ネームはなんでしたっけ?」

「ライオネル」とミスター・スミス。つぎの瞬間、わたしをまじまじと見た。その顔から血の気が引いた。しどろもどろになった。「あのう」とやんわりと声をあげ、「どうしてそんなことを訊くんです？」謝罪する暇《いとま》も与えず、ふたりはあわてて家にはいった。階段の窓から、ふたりがわたしを見つめた。まるでわたしが世界のスパイであるかのように。わたしは卑劣な真似をしたような気がして、恥ずかしくてたまらなかった。

日曜日の朝、家の掃除を手伝った。スミス夫妻のドアをノックしたが、返事はなかった。耳をすますと、はじめてカチコチという音が聞こえた。たくさんの時計が、部屋のなかでチクタクとひっそり時を刻んでいる音。わたしはうっとりして立ちつくした。カチ・コチ・カチ・コチ・カチ！　ふたつ、いや、三つの時計だ。屑籠をとろうとドアをあけると、書き物机の上、窓台の上、ナイトテーブルの脇にきちんと置かれた時計が見えた。小さな時計と大きな時計。いずれも正午に近いこの時間に合わせてあり、部屋いっぱいの虫のようにカチコチと音を立てている。

これほどたくさんの時計。しかし、なぜ？　とわたしは首をひねった。自分は考える人だ、とミスター・スミスはいっていた。

屑籠を焼却炉へ持っていった。中身をあけていたとき、籠のなかに夫人のハンカチーフが見つかった。わたしは一瞬それをなで、花の香りを嗅いだ。それから火のなかに放りこんだ。

それは燃えなかった。

つついて、火の奥のほうへ押しこんだ。

しかし、ハンカチーフは燃えようとしなかった。

自分の部屋でライターをとりだし、ハンカチーフにあててみた。それは燃えようとせず、引き裂くこともできなかった。

それからふたりの衣服に思いがおよんだ。なぜ奇妙に思えたのか合点がいった。型は男女ともこの季節にはふつうのものだが、上着とシャツとドレスと靴、そのどこにも縫い目というものがないのだ！

ふたりはその午後遅く帰ってきて、庭を歩いた。高い窓から見おろすと、手をつないで立ち、熱心に話しあっていた。

恐ろしいことが起きたのはそのときだ。

轟音が空を満たした。女が空を見あげ、絶叫すると、両手で顔を覆って、くずおれた。男は顔を真っ青にし、闇雲に太陽を見つめると、膝立ちになり、立つんだ、立つんだと妻に呼びかけた。しかし、彼女はヒステリーを起こして横たわったままだった。

手を貸そうとして階下へ下りたときには、ふたりは姿を消していた。わたしが家の片側をまわりこむあいだに、反対側をまわりこんだのにちがいない。空はからっぽで、轟音は尾を引くように消えていた。

なぜ、とわたしは思った。空を飛ぶ見えない飛行機の爆音のようなごくあたりまえの音が、あれほどの恐怖を引き起こすのだ？

飛行機は一分後にもどってきた。翼にはこうあった――**郡共進会！　ご来場あれ！　レース！　遊具！**

怖がるようなものなんかありはしない、とわたしは思った。

夜の九時半にふたりの部屋の前を通りかかると、ドアが開いていた。壁には、二〇三五年八月十八日に丸くしるしのついたカレンダーが三つ並べてあった。

「こんばんは」とわたしは愛想よくいった。「おや、すてきなカレンダーがたくさんありますな。じつに便利だ」

「ええ」とふたりはいった。

わたしは自分の部屋へ行き、明かりをつける前に暗闇のなかに立って、なぜ彼らには三つも、それも全部が二〇三五年のカレンダーがいるのだろう、といぶかしんだ。気ちがいじみている。だが、あのふたりは気ちがいではない。彼らに関するなにもかもが気ちがいじみている。ただし、彼ら自身はべつだ。彼らは美しい顔をした、清潔で理性的な人々だ。しかし、わたしの心のなかで蠢《うごめ》きはじめたものがあった。カレンダー、時計、彼らのはめている腕時計。わたしの見立てがたしかなら、それぞれに千ドルの値打ちがある。そして絶えず時間を見ている彼ら自身。燃えようとしないハンカチーフと、縫い目のない服、そして「ぼくはむかしからウェスターコットが大嫌いだった」という言葉が頭に浮かんだ。

ぼくはむかしからウェスターコットが大嫌いだった。

ライオネル・ウェスターコット。そんな風変わりな名前の人間は、この世にふたりといないだろう。ライオネル・ウェスターコット。わたしは夏の夜のなかで、その名をそっとつぶやいた。暖かな晩で、蛾がひらひらと踊りながら、網戸にそっと触れていた。わたしはうつらうつらしながら、自分の気楽な仕事、なにもかもが平穏で、だれもがしあわせなこの小さなすばらしい町、そして隣の部屋にいるふたりの人間、町で、世界で唯一のしあわせではないように思える人間について考えた。彼らの疲れた口もとが、脳裡にこびりついていた。そしてときには疲れた目、あれほど若い人たちにしては疲れすぎている目。

すこし眠ったにちがいない。というのも、いつものように午前二時に、女の泣き声で目がさめたからだ。しかし、今回は女が声をはりあげるのが聞こえた。「ここはどこ、ここはどこなの、どうやってここへ来たの、ここはどこ?」そして男の声。「シーッ、静かにしてくれ、頼むよ」そして男が女をなだめた。

「あたしたちは安全なの、安全なの、安全なの?」

「ああ、安全だよ、安全だとも」

それからすすり泣き。

ことによると、考えすぎかもしれない。たいていの人の心は、殺人者、司直からの逃亡者を疑う方に向かうだろう。わたしの心はそちらに向かわなかった。代わりに、わたしは暗闇のなかに横たわり、女の泣き声に耳をかたむけていた。それはわたしの心臓を張り裂けさせ、わたしの血管と頭のなかを動いたので、わたしは彼女の悲しみと寂しさに触れて耐えられなくなり、起きあがって着替え、家を出た。通りを歩いていき、われ知らずのうちに、湖を望む丘の上にいて、そこには黒々とした大きな図書館があり、わたしは用務員用の鍵を握っていた。理由を考えもせずに、午前二時に大きな静まりかえった建物にはいり、がらんとした部屋を抜け、二、三の明かりをつけながら、通路を進んだ。それから二冊の大きな本をとりだし、段落と行をひたすらたどりはじめ、朝と呼ぶには早すぎる朝の暗闇のなか、半時間ほどページをめくりつづけた。椅子を引いて、腰をおろした。さらに何冊かとってきた。目に勝手に探させた。疲れてきた。しかし、そのとき、ついに手がある名前の上で止まった。「ウィリアム・ウェスターコット、政治家。ニューヨーク市。一九九八年一月、エイミー・ラルフと結婚。一子ライオネル、二〇〇〇年二月生誕」

わたしは本を閉じ、図書館から自分を締めだすと、冷え冷えとした気持ちで夏の朝を歩いてもどった。黒い空には星々が輝いていた。

眠りについている家の前でしばし立ち止まる。がらんとしたポーチ、暖かい八月の風を受けてはためいている部屋べやのカーテン。わたしは葉巻を握ったが、火をつけなかった。耳をすますと、夜鳥の鳴き声のように、孤独な女の泣き声が頭上にあった。彼女はまた悪夢を見たのだ。そして、とわたしは思った。悪夢は記憶であり、記憶にあるものごとに基づいている。恐ろしいほど鮮明に、細かいところまではっきりと記憶にあるものごとに。そして彼女はまた悪夢を見て、怖がっているのだ。

わたしは周囲に広がる町に目をやった。こぢんまりした家々、なかに人々のいる家々、その家々の彼方の田園、一万マイルにおよぶ牧場《まきば》と農場と川と湖、ハイウェイと丘と山と、夜明け前の時間でひっそりと眠っている、ありとあらゆるサイズの都市。そしてこの夜の時間には無用なので、いまや消えつつある街灯。そしてわたしは、この土地全体と来《きた》るべき歳月に生きるすべての人々、そして立派な仕事を持ち、この年をしあわせに生きるわたしたちすべてに思いをはせた。

それから二階へあがって、ふたりの部屋のドアの前を通り過ぎ、ベッドにはいって耳をすました。すると壁の向こうで、女が何度もくり返しいっていた。「怖い、怖いわ」と蚊の鳴くような声で泣きながら。

わたしは毛布にくるまれた古い氷のかけらなみに冷たくなって横たわり、ガタガタ震えていた。わたしはなにも知らなかったが、なにもかも知っていた。この旅人たちがどこから来たのか、彼女の悪夢がなんなのか、彼女がなにを怖がっているのか、彼らがなにから逃げているのか、ようやくわかったからだ。

それがわかったのは眠りこむ寸前で、彼女の泣き声がかすかに耳についていた。ライオネル・ウェスターコットは、とわたしは思った。年を重ね、二〇三五年には合衆国大統領になるのだろう。

どういうわけか、夜が明けて太陽が昇ってほしくなかった。

酋長万歳

Hail to the Chief

2003—2004

「なんですって？」

沈黙。

「もういっぺんおっしゃってもらえませんか？」

電話の向こうでは沈黙、そしてもごもごとつぶやく声。

「回線の状態が悪いようです。こんな話、信じろったって無理ですよ！　もういっぺん最初からお願いします」

政府高官はゆっくりと椅子から立ちあがりながら、受話器を耳に押しつけた。窓の外に目をやり、ついで天井、それから壁に目をやる。のろのろとすわり直し、

「じゃあ、もういっぺん」

電話が雑音を立てた。

「ハムフリット上院議員、でしたね？　ちょっとお待ちを。すぐにかけ直します」

高官は電話を切り、椅子にすわったまま体の向きを変えると、芝生ごしにホワイト・

ハウスをじっと見つめた。

それから手をのばし、インターカムのボタンを押した。

秘書が戸口に姿をあらわすと、彼はいった。「かけたまえ、ぜひ聞いてもらいたいことがある」

彼は受話器をとりあげ、数字をプッシュし、スピーカーフォンのスイッチを入れた。

先方の声がすると、彼はいった。「こちらエリオットです。先ほどお電話をいただきましたか？　いただいた。では、くわしいことをもういちどお願いします。ハムフリット上院議員、でしたね？　インディアン・カジノで？　ノースダコタの？　ほう。何人の上院議員で？　十三人？　昨夜そこにいたんですね？　事実にまちがいはありませんか？　彼は酔っ払っていませんでしたか？　酔っ払っていたんですか？　なるほど、深夜ですが、大統領に電話します」

高官は受話器を置き、のろのろと秘書に向きなおった。

「このハムフリットというまぬけを知っているかね？」

彼女はうなずいた。

「その大莫迦者がなにをしたかわかるかね？」

「じらさないでください」

「数時間前に、十二人の上院議員とともに、ノースダコタのあるインディアン居留区へ行ったんだ。その地域の実情を視察していたんだと」

秘書はつづきを待った。

「それから最大の部族の酋長、アイアン・クラウド酋長とルーレットの勝負をつづけた。ニューヨーク市を賭けて、負けた」

秘書が身を乗りだした。

「それから州を賭けて勝負をはじめ——負けたんだ！　午前二時には、インディアンの酋長と酒を酌み交わしながら、連中はアメリカ合衆国全体を巻きあげられたんだ」

「そんな莫迦な」と秘書。

「自殺したいところだよ。だが、その前に、だれがホワイト・ハウスに電話して、この件を大統領に伝える？」

「遠慮しておきます」と秘書はいった。


合衆国大統領は、空港のタールマカダム舗装を走って横切った。

「大統領閣下！」と側近が叫んだ。「着替えをお忘れです！」

大統領はコートの下のパジャマにちらっと目をやった。

「飛行機のなかで着替える。目的地はいったいどこだね？」

側近がパイロットに向きなおり、「目的地はいったいどこだね？」

パイロットは走り書きをちらっと見て、「ノースダコタ州、オジブウェイ、ポカホンタス・ビッグ・レッド・カジノです」

「それはいったいどこにあるんだ?」

「カナダとの国境です」と側近。「安全です。投票するのはトナカイだけ。昨年は、地滑り的勝利をおさめました」

「エアフォース・ワンが降りられるほど空港は広いのかね?」と大統領。

「かろうじて」

「いま何時だ?」

「午前三時です」

「まいったな、国の運営に厄介はつきものだが」と大統領。

機上で、大統領は飲み物が配られるあいだに着席し、「詳細を教えてくれ」といった。

「はい、こういうことなんです、大統領閣下。ノースダコタで民主党上院議員の会合がありました。全部で十三名が、一夜の歓楽を求めてポカホンタス・ビッグ・レッド・カジノへ繰りだしました」

「なんともはや」と合衆国大統領。

「さて、賭けが雪だるま式に膨らんで、彼らは国をまるごと巻きあげられたのです」

「ダイスのひとふりで?」

「いいえ、聞いたところですと、いちどに州ひとつだそうです」

「なんたることだ」

「正確を期しますと、彼らは最初にニューヨーク市を失いましたが、最初に失った州はフロリダでした」

「さもありなん」

「そのあと南部諸州の大半を失いました。南北戦争と関係があるようです」

「どういうふうに？」

「わかりません。いまだに事態がはっきりしていないのです。しかし、南北戦争が記憶からすっかり消えたことはありませんし、南部の民主党員が、それを先住民に返そうとするのはありそうなことです」

「それからどうなった？」

「ええ、州をひとつずつとられ、最後がアリゾナでした。そのつぎは、最後の一擲《いってき》で、麗しきアメリカが、東の海から西の海まで、アイアン・クラウドのものになりました」

「インディアンの酋長だな？」

「はい。彼がカジノを経営しています」

大統領は考えこみ、やがていった。「そいつらが酒を飲んでかまわんのなら、わたしが飲んだってかまわんはずだ。お代わりをくれ」

合衆国大統領はポカホンタス・ビッグ・レッド・カジノに飛びこみ、周囲をにらみまわした。

「秘密会議室はどこだ？」

側近が指さした。

「それなら、底なしの阿呆ぞろいのまぬけ上院議員どもはどこだ？」

「当然ながら、あの部屋のなかです」

大統領はドアをバタンとあけ、床を見つめていた十三人の上院議員をぎくりとさせた。

「すわれ！」と大統領は叫んだ。「いや、わたしがなぐるあいだ立っていろ！　さあ、よく聞け。全員しらふだな？」

彼らはうなずいた。

「それなら、われわれ全員が一杯やらんといかん！」

側近のスミスが部屋を飛びだした。ややあって、ウオッカが運びこまれた。

「よし、一杯やったら、この混乱を収拾しよう」

大統領は議員たちをにらみつけ、「なんてことだ、きみたちにくらべたら、ローリング・ストーンズもイエス・キリストの弟子たちだ」

長い沈黙がおりる。

「責任者はだれだ？　ハムフリット上院議員か？」

「ハムフリットです」と上院議員のひとりが小声でいった。

「ハムフリット。そのままでいろ。スミス、この件はマスコミに漏れているのかね？」

「まだです、大統領閣下」

「助かった。マスコミに知れたら、われわれは車に轢かれた動物の死体だ」

「一時間前にCNNから電話がありました。薄々勘づいているようです……」

「だれかやって射殺させろ」

「それはできません、大統領閣下」

「やってみろ」

　大統領は十三人の上院議員に向きなおった。「よろしい、いったいどういうふうに、われらが紫の雄大なる山々と、実り豊かな平原を巻きあげられたのか話してくれ」

「いっぺんにではありません、まるごと失ったわけでは」とひとりの上院議員。「順番にとられたのです」

「順番に！」と大統領は叫んだ。

「はじめはゆっくりで、しだいに加速したのです。最初にポーカーをやりましたが、興に乗ってブラックジャックに切り替えました。でも、そのうちルーレットが最上に思えたのです」

「なるほど、ルーレットか。そうやって、たちまち身ぐるみ剝がされるんだ」

「たちまち」とうなずきながら上院議員たち。

「とにかく、ご存じのとおり、負けているときは、賭け金を二倍にするものです。したがって、われわれは二倍にし、ノースカロライナとサウスカロライナをインディアンにさしだしました。そして、なんともはや、それも失ったのです。それからわれわれはもうすこし酒を飲み、興に乗ってノースダコタとサウスダコタをさしだし、負けたのです！」

「つづけたまえ」と大統領。

「そのあとカリフォルニアを賭けました」

「それは二倍の賭けだったのかね？」

「はい、カリフォルニアはじっさいは四つの州です。北と南、ハリウッドとロサンゼルス」

「なるほど」と大統領。

「とにかく、数時間のうちに、われわれはすってんてんになり、ワシントンＤＣに電話するべきかもしれない、とだれかが思いつきました」

「思いついてくれてよかった」と大統領。「スミス、この茶番は法的に拘束力があるのかね？」

「フランス、ドイツ、ロシア、日本、中国の反応を考慮なさりさえすればの話ですが、大統領」

「なるほど。この忌々しいカジノに弁護士はいるかね？」

「もちろんです」と側近。「二百人の弁護士が、二階でポーカーに興じています。ひとり連れてきましょうか？」

「気でも狂ったのかね⁉」と大統領。「数時間で進退きわまるぞ」

大統領は目をつむり、膝をわしづかみにして長いことすわっていた。まるで目が見えないまま山を駆け登っているかのように、緊張で息が詰まりそうだ。

彼は唇を六回なめたが、膝をますます強く握ったとき、ようやく湯気が口からシュンシュンと出てきた。「このイカレポンチの、ぼんくらの、ノータリンの——」

「はい」と上院議員のひとり。

「話の途中だ！」と大統領が叫ぶ。

「申しわけありません」

「うすらトンカチの、低能の——」

大統領は言葉を切った。

「クソまぬけでしょうか」とだれかが助け船をだす。

「頭のネジのゆるんだ阿呆ども！」

全員がうなずいた。

「うすのろ、気ちがい、底なしの莫迦め！　ちくしょう、なんてこった！」

大統領は目をあけた。「わかるかね、これにくらべれば、国連はまるっきり天使の集まりだ。アインシュタインたちの会合だ！　父と子と聖霊の殿堂だ！」

沈黙。

「大統領閣下、お顔が真っ赤です」

「たぶん紫になる」と大統領。「この愚劣きわまりない上院議員どもをぶちのめし、ぶっ殺し、絞首刑にして、電気椅子にかけるか、八つ裂きにする権限を大統領に与える規定は憲法にあるのかね?」

「憲法にはありません、大統領閣下」とスミス。

「つぎの会期中、下院に上程したまえ」

ようやく彼はいい終わり、こぶしを開いた。からっぽの手にかわるがわる目をこらし、答えがそこにないかとたしかめる。睫《まつげ》から涙が落ちた。

「どうすりゃいい?」と泣きだし、「どうすりゃいいんだ?」

「大統領閣下」

「どうすりゃいいんだ?」彼はまたしゃくりあげた。

「閣下」

大統領は顔をあげた。

シルクハットをかぶった先住民の紳士が立っていた。とても小柄で、女に見まがいそうだ。

小柄な先住民の紳士がいった。「ひとつ提案してもよろしいでしょうか? イロコイ族ウォーケショー・チペワ議会の酋長、並びに当カジノの経営者、並びにアメリカ合衆国の現在の所有者は、あなたさまとの面会を希望なさっています」

合衆国大統領は起きあがろうとした。

「どうぞそのまま」黒いシルクハットの小柄な男は、まわれ右してドアをあけた。すると鉄色の目をした大きなものものしい影が、スーッとはいってきた。

この男はやわらかな山猫の足でただよってきた。影のなかの背の高い影。身の丈はほぼ七フィート。おだやかな顔に浮かぶ表情は永遠のそれ。亡くなった大統領たちと失われたインディアンの勇者たちの視線が、この新来者の絶壁のような顔にいまよみがえっている。

だれかが——ことによると女と見まがう小柄な先導者かもしれないが——小声で儀式用の調べをハミングしているようだった。酋長にまつわる曲、歓呼にまつわる曲を。

押し殺した嵐の大声が、この数多《あまた》のカジノの所有者から降ってきた。

女と見まがう小柄な従者が、ふもとで翻訳した。

「彼はこうたずねております、ここでどんな厄介ごとが持ちあがっておるのか？」

これを聞いて、上院議員たちはいっせいに出口へ向かいたくなったが、どういうわけかその場から動けなかった。合衆国大統領の眉間で血管がズキズキと小さな音を立てていたからだ。

彼は頭をマッサージし、脈打つ血管をおとなしくさせて、あえいだ。「あなたにわれわれの国を盗まれた」

上で声がして、下で翻訳された。

「いちどに州ひとつだけだ」

そのたいへんな高みから、つぶやき声が小柄なインディアンに降ってきた。彼はしきりにうなずいた。

「彼はいま提案しております」と小柄なインディアン。「最後のひと勝負を。酋長はよい気晴らしのように賭けをし、ひょっとすると国を失うかも、と申しております」

大地震のような震えが、上院議員たちをゆるがした。微笑が彼らの口もとで震えた。

大統領は気を失うにちがいないと思ったが、失わなかった。

「最後のひと勝負だと？」彼はうめいた。「もしまた負けたら？　なにを差しだせばいいんだね？」

小柄なインディアンは、見あげるようなレッドウッドの肉体に奏上し、言葉が返ってきた。

「フランスとドイツをいただきたい」

「そんなことはできん！」と大統領が叫んだ。

「できないのか？」と大嵐の声。

大統領はスーツのなかでサイズふたつ分縮んだ。

「さらに」と影が頭上で冬のように動いた。

「さらにとは？」にわか前合衆国大統領が、かんだかい声でいった。

「ルールです」と下の小柄な通訳がいった。「あなたがたが負ければ、われわれは合衆国をもらったまま。そしてあなたがたが、五十の州すべてにカジノを、加えて全国のインディアン居留区に小中学校、高校、大学を建設する。よろしいか？」

合衆国大統領はうなずいた。

「そしてあなたがたが勝てば」と小男は先をつづけた。「州をとりもどすが、同じ条件を呑まなければならない。たとえ勝っても、あなたがたはすべての居留区に学校とカジノを建設するのだ」

「法外だ！」と大統領は叫んだ。「勝っても負けても同じルールなんて無茶だ！」

影がささやいた。

「それなら手をこまぬいているがいい」

大統領はごくりと唾を飲み、とうとういった。「はじめよう」

五十州すべてのビッグ・レッド・カジノの所有者、そのスチーム・シャヴェル大の大きな指が空中で動いた。太い指にはさまれていたのはトランプひと組。

「配れ」と内陸で声がこだました。

大統領は気がつくと、手足が一本も動かなかった。

「ブラックジャック」と補佐役の小柄なインディアンがささやいた。「二枚ずつです」

とうとう、のろのろと、合衆国大統領はカードを下向きにして並べた。

上で声が轟いた。

小男がいった。「お先に」

大統領はカードをつまみあげた。大きな笑みが満面に広がった。彼はなんとか笑いを抑えようとしたが、抑えられるはずがなかった。

巨大なインディアンの酋長を見あげ、「そちらの番だ」

上で雷が鳴りひびいた。

通訳がいった。「まず、そちらの手を見よう」

合衆国大統領はカードを上向きにした。合わせて十九。

「そちらの番だ」と大統領が小声でいう。

雷がまた轟き、小柄なインディアンがいった。「そちらの勝ちだ」

「どうしてわかる?」と大統領。「そちらがカードを裏返さないのに。ことによると、そちらは二十か、二十一かもしれない」

部屋の高みの天気が変わり、小柄なインディアンがいった。「そちらの勝ちだ。国はあなたがたのものだ。しかし、あとひとつ小さな品を」

彼は大統領に紙切れを手わたした。

紙にはこう記されていた──二十六ドル九十セント。

「それは」と小柄なインディアン。「数多《あまた》の月をさかのぼったころ、マンハッタンに支払われたのと同じ額だ」

大統領は札入れをとりだした。

高みから声が響いてきた。

「彼はこういっています、小銭だけで」と通訳。

大統領は金をさしだし、レッドウッドの巨大な手がのびてきて、それを受けとった。

天井のほうでまた声が轟いた。

「こんどはなんだ?」と大統領。

通訳が翻訳した。「彼はこういっています。あなたがたがたくさんの船を建造することを希望する。そうすれば、あなたがたが元いた場所へ帰る旅に出るとき、自分は港まで別れを告げに行くだろう」

「ほんとうにそういったのかね?」

合衆国大統領は、テーブルの上で手つかずのままのカードを見つめた。

「たしかめなくてもいいのかね、わたしがそちらを騙したわけではないと」

小柄なインディアンはうなずいた。

大統領はドアまで行き、ふり返ると、いった。「さっきの船旅の話はどういうことだ? わたしはどこへも行かないぞ」

上からささやき声が降ってきた。

「行かないのか?」

すると合衆国大統領は、上院議員たちを引き連れて、こっそりと出ていった。

ふだんどおりにすればいいのよ

We'll Just Act Natural

1948—1949

夜の七時ごろ。スーザンは立ったまま、ポーチ窓の外を見つめていた。丘のふもとに線路が走っていて、汽車が煙をあげながら走ってくる。赤と緑の光が、その切れ長の褐色の瞳に反射した。闇のなかで、彼女のぽっちゃりした手は、闇よりも黒かった。彼女は口もとを引き結んだまま、時計に目をやってばかりいた。「あのおんぼろ時計は進んでるにちがいないわ」と彼女はいった。「あのイカレたおんぼろのブリキ時計は」

「イカレてなんかないわよ」と隅でリンダがいった。黒い手にフォノグラフ（蠟管の旧式蓄音機）のレコードを積みあげ、順番に見ている。一枚を選びだすと、しげしげと見て、グラファノラ（コロンビア社製の手回し式蓄音機の商品名）に載せ、ゼンマイを巻いた。「ちょっとすわって、やきもきするのをやめたらどう、ママ？」

「あたしの脚はまだ達者ですよ」とスーザン。「そこまで年じゃありません」

「彼が来る、彼が来る、そればっかり。それと彼が来なかったら、来なかったら」とリンダ。「汽車を速く走らせたり、信号を上げ下げさせたりはできないのよ。何時に来るって書いてきたの？」

「汽車は七時十五分に着いて、ここに三十分停車するんだって。ニューヨークへ行く途中、寄ってくれるって。ここまでタクシーを飛ばしてくるから、駅へ迎えに来ないでほしいって」

「恥ずかしいんだわ、だからね」とリンダがせせら笑う。

「お黙りなさい、さもなければ家へお帰り！」とスーザンは娘にいった。「彼はいい人よ。彼がまだあたしの手より小さかったころ、あたしは彼の家族のもとで働いていたの。肩車して繁華街へ連れていったものだわ。恥ずかしがったりしないわ！」

「ずいぶんむかし、十五年も前の話じゃない。もうおとななのよ」

「本を送ってくれたじゃない」とスーザンが憤然として叫んだ。くたびれた椅子に手をのばし、本をとりあげて開くと、タイトル・ページに記された文字を読みあげる。「親愛なるスーザン母さんへ、ありったけの愛をこめて、リチャード・ボーデンより」パタンと本を閉じ、「ほらごらんなさい！」

「それじゃなんともいえないわ、ただの文字だもの、だれが書いたんだかわかりゃしない」

「あたしのいったことは聞こえたでしょう」

「彼はいま年収一万ドル。わざわざママに会いに寄り道する理由があって？」

「理由は、あたしが彼のお母さんとお父さんとお祖母さんとお祖父さんを憶えてるから。

あたしがみんなのために、三十年も働いたから。それが理由よ。それに彼は作家なんだから、あたしと会って、その話をしたがるんじゃなくて？」

「さあね」とリンダは首をふり、「あたしに訊かないで」

「彼は七時十五分の汽車で来るのよ、見ててごらんなさい」

グラファノラがニッカーボッカー・カルテットの歌う〈プリティ・ベイビー〉を奏ではじめた。

「それを消してちょうだい」とスーザン。

「だれにも迷惑かけてないわ」

「聞こえないのよ」

「耳はいらないわよ、目があるんだから、彼が来れば見えるわ」

スーザンは歩いていって、スイッチを切った。声がやんだ。静寂は鋭く、重苦しかった。「さて」と娘に目をやりながらスーザン。「これで考えごとができるわ」

「彼が来たらどうするの？」と上目遣いにリンダ。冷たくこすからい目をしている。

「どういう意味？」と用心しながらスーザン。

「キスして、抱きしめるの？」

「さあ、そこまで考えてなかったわ」

リンダが笑い声をあげ、「そろそろ考えたほうがいいわよ、彼はもうおとなで、子供じゃないんだから。抱きしめられたり、キスされるのは好きじゃないかもしれない」

「そのときになれば、なるようになるわ」と視線をそらしながらスーザンは答えた。額にかすかに皺が寄った。リンダをひっぱたいてやりたかった。「あたしの頭にあれこれ詰めこむのはやめて。ふだんどおりにすればいいのよ、いつものように」

「きっと彼は握手して、椅子の端っこにすわるだけでしょうね」

「そんなことはしないわ。いつもよく笑う子だったもの」

「きっと人前じゃ母さんなんて呼ばないわよ。きっとミセス・ジョーンズって呼ぶんだわ」

「むかしはジェマイマおばさん（クエーカー・オーツ社製パンケーキの商標。黒人婦人がシンボルとなっている）と呼んだわね、あたしが彼女そっくりだって。いつもパンケーキを焼いてくれってせがまれたものよ。あんなにかわいらしい男の子はいなかったわ」

「あたしの見た写真によると、いまもそう悪くないわね」

スーザンは長いこと目を閉じたまま、口を開かなかった。やがていった。「その口を灰汁《あく》で洗いなさいな」彼女は窓のカーテンにさわり、風景を見わたすと、地平線上に煙を探した。不意に、叫び声をあげ、「あそこよ！　汽車が来るわ！　わかってた、わかってたのよ！」興奮して時計に目を走らせ、「時間ぴったり！　見においで！」

「汽車なら前に見たことがあるわ」

「やって来るわ、あの煙を見て！」

「煙なら死ぬまでの分を見てるわ」

汽車が轟音とともに眼下の駅にすべりこんだ。ガチャン、カンカン、そして轟々と火の燃える音。

「もうすぐよ」とスーザン。にっこり笑って、金歯をのぞかせる。

「息を止めないでね」

「気分がよすぎて、なにをいわれたって平気。なんていい気分なの！」

汽車はいまや停止しており、乗客が下車していた。丘のふもとに、小さく小さく彼ら彼らが見えた。コンクリートの駅のなかを、右往左往している。スーザンは彼のことを考え、小さく小さくいまどういうふうに見えるだろう、むかしはどんなだっただろうと思った。七歳のころの彼を憶えていた。学校から帰ってくるころには、彼女がいなくて、さよならをいえなかったものだ。彼女は町の郊外に住んでいた。毎夕、四時の市街電車に乗った。だから、彼は市街電車の停留所まで彼女といっしょに歩くわけにはいかなかった。泣きながら、通りを走って彼女を追いかけてきた。そしてギリギリで間にあい、彼女を抱きしめると、泣きじゃくりながら彼女の脚に体を押しつける。いっぽう彼女は手をのばし、軽くたたいて、彼をなだめるのだった。

「それはあんたが決してしなかったことだよ」と腹立たしげにスーザン。

「あたしがなにをしなかったの？」とびっくりしてリンダ。

「なんでもないわ」スーザンはいまいちど思い出にひたりこんだ。そういえばこんなこともあった。彼が十三歳のとき、カリフォルニアから二年ぶりに帰ってきて、お祖母さんの家で彼女を見つけ、笑いながら彼女を抱きしめ、ぐるぐるまわしたのだ。それを思いだして、彼女は口もとをほころばせた。心温まる思い出だ。そして十五年後のいま、彼はハリウッドの大物作家で、自作の芝居の初日のためにニューヨークへ行く途中なのだ。そして半年前に最初に上梓《じょうし》した本を郵便で送ってくれ、昨日の手紙で会いに寄るといってきた。昨晩、彼女はよく眠れなかった。

「白人の男にそんな値打ちはないわ」とリンダ。「あたしは帰るわね」

「すわりなさい」とスーザンが命じた。

「彼があらわれなかったとき、ここにいたくないの」とリンダ。「あとで電話するわ」

彼女はドアまで歩き、あけた。

「もどってきて、すわりなさい」とスーザン。「彼はすぐに来るわ」

リンダはドアをあけかけていた。ドアを閉めて、無言で寄りかかり、首をふりながら、しばらく待った。

「いまタクシーが丘を登ってくるわ」とスーザンが声をはりあげ、冷たい窓ガラスに身をかがめた。「きっとあれに乗ってるんだわ！」

「母さんは朝までに不幸になってるわよ」

ふたりは待った。

「あら」とスーザンが目をしばたたいた。

「どうしたの？」

「あの莫迦なタクシーが、反対側へ曲がったの」

「きっと彼は特別客車にのうのうとすわって、一杯やってるのよ。きっとほかの人たちに囲まれて、逃げだせないし、小さな町でしたいことをいいだせずにいるのよ。タクシーを拾って、仲のいい有色人種の女に会いにいくなんてことを」

「彼はそんなことはしません。いまタクシーに乗ってるの。あたしにはわかる、のよ」

十分が過ぎ、十五分が過ぎた。

「もう着いてるころだわ」とスーザン。

「着いてないわ」

「もしかしたら、あの汽車じゃなかったのかも。時計が狂ってるのかも」

「電話して『時刻』を訊いてみましょうか？」

「その電話に近づかないで！」とスーザンは叫んだ。

「わかった、わかった、ちょっと考えただけ」

「ちょっと考えただけ、考えただけですって。近づかないで！」彼女は手をかかげ、顔をゆがめた。

ふたりはいまいちど待った。時計がカチコチ時を刻んだ。

「あたしがママだったら、どうするかわかる？」とリンダ。「まっすぐあの汽車まで行って、乗りこんで、ミスター・ボーデンはどこですかって訊いて、見つかるまで捜しまわって、きっと特別客車で友だちと一杯やってるだろうから、彼のところまで歩いていって、こういってやるの、『あら、リチャード・ボーデン、あんたが酔いつぶれてるのはわかってたわ！　会いに来るっていったじゃない！　どうして来なかったの？』ってね。彼の友だちの目の前で、そういってやるのよ！」

スーザンは無言だった。時刻は七時半。あと十分で、汽車は出ていくだろう。彼は乗り遅れたのよ、と彼女は思った。絶対に来るはずだ。彼はそんな人じゃない。

「さて、ママ、あたしは帰るわ。あとで電話する」

こんどは彼女もリンダを止めようとしなかった。ドアが閉まった。リンダの足音が廊下を遠ざかっていった。

娘がいなくなると、スーザンは気分がよくなった。娘の邪悪な影響が消えたいま、リチャード・ボーデンは到着しているにちがいないという気がした。彼はリンダが立ち去るのを待っていただけなのだ。そうすれば水入らずになれるから！

彼はあの汽車のどこかにいる、と彼女は思った。心臓が痛くなった。リンダがいったように、もし特別客車で一杯やっているとしたら？　そんなことはないわ！　もしかしたら忘れたのかもしれない、ここが目的の町だと知りもしないのかもしれない！　なにか手ちがいがあったのかも、客室係が到着のアナウンスを忘れたとか、なにかが。彼女は両手をよじりあわせた。ぬくぬくした特別客車にすわって一杯やっている。十五年後の夜、そこにすわっている。まばゆい黄色い光が汽車じゅうに灯り、蒸気がゆらゆらと立ちのぼっている。来て、リチャード！　来ないと、ママにいいつけるわよ！　彼女の呼吸は深く、重かった。ひどく年老いた気がした。一分以内に来なかったら、リンダのいったとおりにするわよ、降りていって、面と向かっていってやるわよ！

いいえ。そんな真似はできない。友だちの前で彼に恥をかかせるなんて。そんな真似はできない。それなら、すわらせておいてやりましょう。とにかく、手ちがいがあったのよ。時計が狂っているんだわ。

汽車が警笛を鳴らした。

いいえ、と彼女は思った。立ち去る準備をしてるわけないわ。

乗客が汽車にまた乗りこむのが見えた。彼は病気にちがいない、と彼女は思った。そもそもあの汽車に乗っていないのだ。もしかしたら、シカゴで病気になったのかも。きっとそうだわ。もし彼がいま、いま、このときあそこにいるのなら、汽車を降りて、タクシーを拾おうとしたのでは？　もしかしたら、タクシーの数が足りないのでは？　彼は駅か町を歩きまわり、彼女の住むこの丘と家を見あげさえしたのでは？　明日彼から、ニューヨークから電話があるのでは？　それとも、それをいうなら、このあと連絡があるのだろうか？　いいえ、くれっこないわ。もし彼がいまほんとうにあそこにいるのなら、そういうことよ。このあと彼は二度と手紙をくれないだろう。

汽車の警笛がまた鳴りひびいた。大きな漏斗形の蒸気が、夜空へ立ちのぼった。

それから、汽車がガタガタと駅から出ていき、速度をあげ、行ってしまった。

スーザンは窓辺に立ちつくした。家は静まりかえっていた。彼女は西の地平線に目をやった。あれはちがう汽車だったにちがいない。つぎの汽車がすぐに来るのだ。彼女はめざまし時計をとりあげた。それは手のなかでカチカチと安っぽい小さな音を立てた。「イカレたおんぼろ時計、まちがった時間をさして！」彼女は叫び、それを屑籠に放りこんだ。

窓辺に引き返す。

電話がいちど鳴った。彼女はふり返らなかった。電話がしつこくまた鳴った。彼女はまだ地平線を見ていた。電話がさらに六度鳴り、鳴りやもうとしなかった。

とうとう彼女は向きを変え、受話器をとりに行った。受話器を持ちあげる前、しばらく両手で握っていた。それから受話器を耳にあてた。

「もしもし、ママ？」

リンダからだった。

「ママ、今夜うちにいらっしゃいな。ママの気持ち、わかるわ」と声がいった。

「どういう意味？」とスーザンは腹立たしげに受話器に向かって怒鳴った。「彼はさっきまでここにいたのよ！」

「なんですって？」

「ええ、彼は背が高くてハンサムだったわ。ほんのちょっとのあいだだけど、タクシーで来てくれたのよ。あたしがなにをしたかわかる？　抱きしめて、キスをして、踊りまわったのよ！」

「ああ、ママ！」

「そうしたら彼はしゃべって、笑って、親切にしてくれて、十ドルくれて、あたしたちはむかしを、あらゆる人、あらゆるもの、いろんな出来事をなつかしんで、それから彼はタクシーにまた乗って、あの汽車をつかまえて、行ってしまったの。彼は本物の紳士よ！」

「ママ、すごくうれしいわ」

「そうですとも」スーザンは窓の外に目をやり、震える手で受話器を握りしめた。「本物の紳士なのよ！」

まさしく《オーレイ》、オロスコ！　シケイロス、然《シ》り！

Olé, Orozco! Siqueiros, Sí!

2003—2004

サム・ウォルターがわたしのオフィスに飛びこんできて、壁にかかったコレクターズ・アイテムのポスターをぐるっと見まわし――「メキシコの大画家についてなにを知ってる?」

「リベラ」とわたしは答えた。「マルチネス。デルガド」

「こいつはどうだ?」

サムは色あざやかな印刷物をデスクに放ってよこした。

「読んでみろ!」

わたしは大きな赤い文字で書かれた文章を読んだ。

「シケイロス、然り《シ》、オロスコ、まさしく《オーレイ》(シケイロスとオロスコは、ともにメキシコの画家。壁画で有名)」その先を読む。「ギャンビット・ギャラリー。ボイル・ハイツ。川向こうで、オロスコ&シケイロス回顧展でもやってるのか?」

「小さい活字を読めよ」サムは小冊子をポンとたたいた。

「シケイロスとオロスコの玉座を継ぐ者、セバスチャン・ロドリゲス記念傑作展」

「連れてってやる」とサム。「日付を見ろ」

「四月二十日。おい、今日じゃないか、午後二時。おい、あと一時間だ！　無理だよ――」

「無理じゃない。おたくは画　廊《アート・ギャラリー》の専門家だろう？　初日じゃないんだ、最終日なんだ。葬式なんだよ」

「葬式だって?!」

「画家のセバスチャン・ロドリゲスは出席する。でも、死んでるんだ」

「というと――」

「告別式だ。画家のママとパパが出席する。兄弟姉妹もやって来る。マホニー枢機卿が寄ることになってる」

「おいおい、その画家はそんなによかったのか？　それだけの人が集まるとは！」

「パーティーを開く予定だったんだ。でも、彼が墜落死をとげた。それで中止にする代わりに、死体を引きとってきた。ミサの代わりみたいなもんだ。蠟燭に、レースの服をまとった聖歌隊」

「なんてこった！」

「もういっぺんいってもいいぞ」

「なんてこった。メキシコ系とヒスパニックとユダヤ人の街ボイル・ハイツの四流ギャラリーで、無名の画家のために葬儀ミサを開くだって？」

「ページをめくれよ。オロスコとシケイロスの生まれ変わりがいるから」

わたしはページをめくり、息を呑んだ。

「ぶったまげた！」

「もういっぺんいっていいぞ」とサムがいった。


ユダヤ人とヒスパニックの街ボイル・ハイツに向かう高速道路上で、わたしはべらべらとしゃべった。

「この男は天才だ！　どうやって見つけたんだ？」

「警察だよ」と運転しながらサム。

「なんだって？」

「警官。彼は犯罪者だったんだ。二、三時間、ブタ箱に放りこまれた」

「二、三時間？　なにをやったんだ？」

「でっかいこと。とびっきり刺激的なこと。でも、ムショにぶちこまれるいわれはなかった。ある意味ではでっかいが、べつの意味ではちっちゃいことさ。上を見ろ！」

わたしは上を見た。

「あの陸橋が見えるか？」

「橋だって？　もう通り過ぎちまったよ！　どうしてまた——？」

「あそこで彼は落ちたんだ」

「飛び降りたのか？」

「いいや、落ちたんだ」サムはスピードをあげた。「ほかになにか気づかなかったか？」

「なんのことだ？」

「陸橋。橋だよ」

「なにに気づけばよかったんだ？　あんなに飛ばしてたくせに」

「あとでもどる。そのときわかるよ」

「彼はどこで死んだんだ？」

「最高の時間を過ごしたところさ。そのあと死んじまった」

「彼がオロスコとシケイロスの生まれ変わりだったところか？」

「ご明察！」

サムは高速道路から下りた。

「着いたぞ！」

そこは画廊ではなかった。

教会だった。

壁一面に色あざやかな絵がかかっていた。それぞれが目のさめるような色合いで光り輝いているので、炎となって空中に飛びだしそうだった。しかし、べつの炎がそれを阻んでいた。二、三百本の蠟燭が、広大な歩廊《ギャラリー》をぐるっととり巻いて燃えていたのだ。何時間も前から灯っていたらしく、その炎で屋内は真夏になっていた。おかげで、外は四月だということを忘れる始末だった。

画家はそこにいたが、新たな活動に没頭していた。永遠を沈黙で満たす活動に。彼は棺《ひつぎ》のなかに安置される代わりに、純白の布を積みあげた雲の峰の上に横たえられていた。そのため蠟燭の星座をすり抜けて、ふわふわと浮かびあがっていくように思えた。とそのとき、側面扉から吹きこんできた一陣の風に、蠟燭の炎がゆらめいた。ひとりの聖職者がはいってきたところだった。

その顔はすぐに見分けがついた。カルロス・イエズス・モントーヤ、干あがったロサンゼルス川の乾いた川床にかぶさっている、ラテンアメリカ系住民の大いなる羊小屋の番人。司祭、詩人、熱帯雨林の冒険家、女性一万人の愛の暗殺者、新聞をにぎわす著名人、神秘主義者、そしていまは〈季刊アート・ニューズ〉の批評家。彼は炎に包まれて沈む船の舳先に立ち、セバスチャン・ロドリゲスの失われた夢が宙ぶらりんになっている壁をしげしげと見た。

わたしは彼の見ているところに目をやり、息を吞んだ。

「どうした?」と小声でサム。

「あの絵は」と声をはりあげてわたし。「絵じゃない。カラー写真だ!」

「シーッ!」とだれかがシーッといった。

「声を落とせ」と小声でサム。

「でも——」

「なにもかも計算ずくなんだ」サムがそわそわと周囲に視線を走らせ、「まず写真で見る者の好奇心をかきたてる。それから本物の絵。二重の美術展なんだよ」

「それでも」とわたし。「写真とはいえ、すばらしい！」

「シーッ」と、だれかがいっそう大きな声でシーッといった。

偉大なるモントーヤが、夏の火の海ごしにわたしをにらんでいた。

「すばらしい写真だ」とわたしは小声でいった。

モントーヤはわたしの唇の動きを読み、厳《おごそ》かにうなずいた。ちょうどセビリャの午後の闘牛士《トレーロ》のように。

「待ってくれ！」とわたし。なにかが喉まで出かかっている。「あの絵。どこかべつの場所で見たことがある！」

カルロス・イエズス・モントーヤが、視線を壁に向けなおした。

「来いよ」サムが息を漏らすようにいい、わたしを扉のほうへひっぱっていった。

「待ってくれ！」とわたし。「思考の流れを断ち切らないでくれ」

「まぬけ」サムはいまにも叫びだしそうだった。「命をなくすことになるぞ」

モントーヤが彼の唇の動きを読み、ごくわずかにうなずいた。

「どうしてだれかがわたしを殺したがるんだ？」

「知りすぎてるからだよ！」

「なにも知らないぞ！」

「知ってるんだよ！　アンデール！　ずらかるぞ！」

そしてわたしたちは、灼熱の夏から冷たい四月へ出たが、あとからあとからやって来る、むせび泣く者たちに押しのけられた。黒いショールに身を包み、流水をこぼしている女たちの黒い集団だ。

「あんなに派手に泣く家族はいない」とサムがいった。「元の恋人たちだ」

わたしは耳をすました。

「なるほど」とわたし。

さらに泣き声がつづいた。つぎはもっと大柄で、ぽっちゃりした女たちで、そのつぎが、三角旗をひるがえす槍なみに宮廷風で、粛々と歩む紳士だった。

「家族だ」とサムがいった。

「こんなに早く出ていくのはまずくないのか？」

「ここが運命の分かれ目だ。おたくになにもかも見てほしかった。経験のない観察者のように、偏見にとらわれず、すべてを受け入れてから、実物を理解できるようにな」

「きみがさっきいっぱいにした、あの肥やし袋にいくら払うんだ？」

「肥やしじゃない。画家の血、画家の夢、成功か失敗かに関する批評家の判断だけが詰まってるんだ」

「あの袋をくれ。代わりにぼくがいっぱいにしてやる」

「だめだ。さがってろ。非業の死をとげた天才と、腐敗に関する真実に最後の一瞥をくれろよ」

「きみがこういうふうにしゃべるのは、土曜の深夜、めかしこんで、瓶をからっぽにしたときだけだ」

「今日は土曜じゃない。ほら、ポケット瓶がある。飲めよ。最後に一杯、最後に一瞥だ」

わたしは一杯やり、収穫期の天気が熱い蠟の匂いを吐きだしている戸口に立った。はるか彼方で、平穏に包まれたセバスチャンが、白布の船に乗ってただよっていた。はるか遠くで、少年聖歌隊が歌声を響かせていた。

高速道路を疾走しているうちに見当がついた。

「行き先がわかったぞ！」

「シーッ！」とサム。

「セバスチャン・ロドリゲスが飛び降りた場所だ」

「落ちたんだ！いいや、落ちて死んだんだ」

「よく見ろ。もうじきだ」

「あそこだ。スピードを落とせよ。なんてこった。あれか！」

サムはスピードを落とした。

「車を寄せろよ」とわたし。「まいったな、頭がどうかしたにちがいない。見ろ」

「見てるよ！」

高速道路の陸橋に、たしかにそれは描かれていた。

「画廊の壁にあったセバスチャンの絵だ！」

「あれは写真だった。これが本物だ」

たしかに本物だった。より色あざやかで、より大きく、驚異的で、とびっきり刺激的で、激烈だった。

「落書きだ」とうとうわたしはいった。

「でも、たいした落書きだ」と、大聖堂のステンドグラスを見あげるようにしてサム。

「どうして先にこれを見せてくれなかったんだ？」

「見たんだよ。でも、時速六十マイル、周辺視野で見たわけだ。いまは二十二マイルで見てる」

「でも、どうしていまなんだ？」

「イカレた謎と現実を混同してほしくなかったんだよ。先に答えをあたえておけば、いろいろと気ちがいじみた疑問にも、自分で想像をつけるだろうと思ったんだ」

「画廊の写真、あそこの陸橋の落書き。どっちが鶏で、どっちが卵なんだ？」

「鶏でもあり、卵でもある。ひと月前、モントーヤ司祭がこの奇跡の下をくぐった。素通りしかけてハッとして見なおし、急ブレーキを踏んで、あやうく事故を起こすところだった」

「セバスチャンの高速道路のお告げと聖なる啓示を最初に集めたのは彼なんだな」とわたしは見当をつけた。

「ご明察！　このラテンアメリカ系の美をまじまじと見た彼は、Uターンして、カメラをとりにもどった。その成果の引き伸ばし写真は、精神を吹っ飛ばし、目と魂を釘付けにするものだったんで、モントーヤはある悪だくみを思いついた。たいていの人は、高速道路の落書き芸術を鼻であしらうから、セバスチャンの白熱した芸術を画廊の壁に釘で打ちつけて、人々の目を焼き焦がし、購買欲に火をつけてやろうっていうのさ。それから、連中のひっこみがつかなくなったとき、つまり、心変わりして金を返せといいだすには遅くなりすぎたときを見計らって、真実を明かす。『この画廊の傑作が天才の手になるものと思うのなら、あなたの目を高速道路一〇一号線、八九番陸橋に向けなさい』とモントーヤが叫ぶって寸法だ。で、モントーヤはこの落書きを写真に撮って画廊に飾り、批評家が安心しきっているとき、真実をぶちまける準備をした。問題は――」

「展覧会を開く暇もなく、セバスチャンが高速道路へ落ちたことか？」

「落ちて、名声を危険にさらしたことだ」

「芸術家は、死ぬと名声が高まるんじゃないのか」

「イエスでもあり、ノーでもある。セバスチャンは特別なケースだった。複雑だったんだ。セバスチャンが落ちたとき――」

「どういうわけで落ちたんだ?」

「高速道路の陸橋の端から逆さまになってぶらさがり、絵を描いていたんだ。友だちが脚を押さえていた。そのとき友だちがくしゃみをして、なんと、くしゃみをして、手を離したんだ」

「なんてこった!」

「家族や世間に真実を告げたがる者はいなかった。そりゃそうさ! 逆さまになって法律違反の絵を描いていて、車の流れに落っこちたんだぞ。記録上はバイクの事故ってことになってる。もっとも、バイクは見つからなかったがな。検視官が来る前に、彼の手から罪深いペンキを洗い落としたんだ。それでモントーヤに――」

「画廊いっぱいの役に立たない写真が遺されたわけか」

「とんでもない! 画廊いっぱいの計り知れない価値のある芸術、ペテン師が命と引き替えに遺した置き土産だよ。本人は早すぎる死をとげたが、ありがたいことに、才能を写しとった写真が遺ったんで、値段はうなぎ登りさ。マホニー枢機卿がお墨付きをくれたから、天井知らずの値段がつけられてるよ!」

「そうすると、オリジナルの作品がどこで見つかるかは、みんな口をつぐんでいるんだな」

「口を開く者はいないだろう。身内の者は、高速道路で遊ぶなと少年に警告してた。あれほどいったのに、ってわけだ。セバスチャンが画廊の写真のおかげで有名になったら、お祭り騒ぎになっても不思議はなかった。おい、なんてこった、見ろよ、あれは高速道路一〇一号線の八九番陸橋なんだぞ、ってね。でも、彼が死んじまったからには、あまりにも悲しくて、あまりにも商売じみた話になっちまった。そのうちモントーヤが千本の蠟燭を灯し、聖セバスチャン教会を建立しようと思いついた」

「この話を知ってるのは何人くらいだ？」

「モントーヤ、画廊のオーナー、ひょっとしたら、ひとりかふたりの叔母や叔父。いまはおれとおたく。猫を袋から出して、高速道路を渡らせようとする人間はいない。ママの口癖だ。後部座席に手をのばせ。探ってみろ。なにを感じる？」

わたしはうしろに腕をのばして、手探りした。

「この感触だとバケツが三つ」

「ほかには？」

わたしは探り、「大きな刷毛だ！」

「そうすると？」

「バケツ三つ分のペンキだ！」

「大当たり！」

「なんのためだ？」

「セバスチャンの高速道路傑作落書きを塗りつぶすためさ」

「あの計り知れない価値がある壁画を塗りつぶすだって、どうして？」

「あのままにしておいたら、そのうちだれかが気がついて、あれと画廊の写真をくらべるだろう。そうなったらおしまいだ！」

「彼が高速道路の落書き曲芸師にすぎなかったと世間に知れるわけか」

「そうでなかったら、世間が彼の天才に気づき、ぽかんと口をあけたやつらが、衝突事故か交通渋滞を引き起こすかだ。どっちにしろうまくない」

　わたしは色あざやかな陸橋に目をこらした。

「それで、だれがあの壁画を塗りつぶすんだ？」

「おれだよ！」とサム。

「どうやって？」

「おたくに膝を押さえてもらって逆さまになる。そのあいだに白ペンキを塗るんだ。でも、その前に鼻をかんでくれよ。くしゃみをされたらたまらない」

「シケイロス、まさか《ナダ》、オロスコ、否《ノ》ってわけか」

「もういっぺんいってもいいぞ」

　わたしは三度いった。ぼそぼそと。

屋敷

The House

1947

それは途方もない、気の狂った古い屋敷で、血走った目をこらし、街を見晴らしていた。その高い円屋根《キューポラ》に鳥が巣をかけていたので、その家は、髪をふり乱して夜中にうろつく、痩せぎすの老婆になによりも似ていた。

ふたりは風の強い秋の夜、長い坂を登ってきた。マギーとウィリアムは。そしていま屋敷を目にして、彼女はサックス・フィフス・アヴェニュー（伝統と格式を誇るデパート）のスーツケースを下ろし、「ああ、まさか」といった。

「ああ、これだ」彼はぼろぼろの古いバッグを軽々とかかえていた。「格安だろう？見てごらん、掘り出しものだよ！」

「あれに二千ドル払ったの？」彼女は叫んだ。

「おいおい、五十年前だったら三万ドルはしたんだぞ」彼は誇らしげに宣言した。「なにからなにまでぼくたちのものだ。すごい！」

彼女は心臓がふたたび打ちはじめるのを待った。気分が悪かった。ウィリアムを見てから屋敷に目を移し、「これって――チャールズ・アダムズの屋敷にちょっと似てない？　ほら、〈ニューヨーカー〉に吸血鬼の漫画を描いている人がいるじゃない」

しかし、彼はすでに先へ進んでいた。彼女はおそるおそるあとを追い、ギシギシ鳴る正面階段をあがった。屋敷はそびえ立っていた。三つのマンサード屋根（下部が急で上部がゆるやかな二重勾配屋根）、縦溝彫りの柱、ロココ調の階段、塔と尖頂、割れたガラスのはまった出窓。長年にわたってしみついたやに。内部はひっそりとして、蛾と、垂れさがった窓の日よけと、布のかけられた家具が、小さな白い墓場を思わせた。

またしても彼女は落胆した。生まれてからずっと、高級住宅の並ぶ大きな通りに面した大きな清潔な家に住み、目立たない召使いたちにかしずかれ、手をのばせばどこにでも電話があり、水泳プールなみの大きな浴槽があって、エネルギーを使う運動といったら、せいぜい途方もなく重いドライ・マティニを持ちあげることくらいといった暮らしをしていれば、錆の山、幽霊の出そうな地下埋葬所、灰色の建造物と混乱のきわみに直面したとき、人はなにを思うだろう？　ああ、神さま、と彼女は思った。人なみの暮らしがこういうものなら――こんなみすぼらしい家に、信じられない値段がついているのなら――人はなぜ結婚なんかするのだろう？

がっかりした顔をしないでいるのは、ふつうの表情を保っているのはひと苦労だった。なぜならウィリアムが階段の上や下で叫んだり、まるで自分で建てたかのように誇らしげに、部屋べやを足早に堂々と歩きまわっていたからだ。

「ぼくはハムレットの父親の亡霊だ」と、薄暗い階段を下りてきながらウィリアムがいった。

「——父親の亡霊だ」と階段吹き抜けの上のほう、屋敷のてっぺんからこだまが返ってきた。

ウィリアムはにっこりして、指さした。「聞こえたかい？　あれは屋敷のてっぺんにいる〈聞き手〉。ぼくの古い友だちだよ。人の言葉を絶対に聞き逃さないんだ。つい昨日も彼にいってたんだよ、ぼくはマギーを愛してる！

「ぼくはマギーを愛してる、い、い、い、い、い、い、い」と屋敷のてっぺんで〈聞き手〉。

「趣味がいいよ、あの〈聞き手〉は」とウィリアム。下りてきて、マギーの肩を抱き、「この家はたいしたもんだろう？」

「大きいわ。それはたしか。それに汚い、それもたしか。なによりたしかなのは、古いってこと」

こちらを見つめるウィリアムの顔を彼女は見つめた。彼の表情がしだいに変わったのを見て、自分の顔が、広大な屋敷を愛するという仕事をあまりうまくやっていないのがわかった。ドアを抜けるとき、ナイロンストッキングを釘にひっかけて破いてしまった。フリスコから持ってきた高価なツイードのスカートには、もう汚れがついているし——

ウィリアムは彼女の肩から手を離した。彼女の口もとに目をやり、「あまり気に入ってないんだね」

「あら、そんなことは――」

「もしかしたら、例のトレイラーを買えばよかったのかもしれない」

「あら、そんな、莫迦いわないで。慣れればいいだけの話よ。だれがパンを運ぶトレイラーに住みたがるの？　ここのほうが広々としてるわ」

「さもなければ、結婚をもう一年待てばよかったのか、もっと金ができるまで」

「とにかく、長く住まずにすむかもしれないわ」彼女は努めて陽気な声を出そうとした。だが、そういったのはまちがいだった。彼は引っ越したくないのだ、金輪際。ここは彼が愛し、作り替えたがっている場所だ。いつまでも住みたい、と屋敷を見る目つきがいっている。

「寝室はここだよ」薄暗い電球が灯る最初の踊り場にあがると、彼がドアを開いた。四柱式のベッドのおさまった部屋があった。彼は自分で部屋をごしごし洗い、掃除して、彼女を驚かそうとベッドを置いたのだった。壁には色あざやかな絵がかけられ、真新しい黄色の壁紙が貼られていた。

「すてきだわ」と、あいかわらず無理をしながら彼女はいった。

ウィリアムは彼女を見ずに単調な声でいった。「気に入ってくれてうれしいよ」

あくる朝、彼は屋敷をくまなく歩きまわった。口笛を吹いたり、歌ったりしながら、階段を上り下りし、朝食から得た活力と、さまざまなアイデアではち切れそうになって。

彼が古い日よけをちぎりとり、廊下を掃除し、割れたキッチンの窓から古いガラスの破片をたたき落とす音が聞こえた。彼女はベッドに横たわっていた。暖かな黄色い陽光が、南の窓から流れこんでいて、ベッドカヴァーに置かれた彼女の怠惰な手に射していた。彼女は動く気がしなくて、横たわったまま、立ち直りの早い夫が、なにかを思いついた勢いで部屋から部屋へ往復する音を信じられない思いで聞いていた。立ち直りが早いとはいい得て妙だ。あの人を傷つけたり、失望させたりしても、つぎの日には水に流している。あの人は弾力性がある。自分はそういうわけにはいかない。あの人は、こだまのする家じゅうに仕掛けられた爆竹で、つぎつぎとはじけているようだ。

彼女はベッドから出た。前向きになろう、と思う。がっかりした顔をしないでいよう、と。鏡をのぞきこむ。笑顔を描きつける方法はないものかしら？

急ごしらえの朝食を彼女がすませると、ウィリアムがモップをわたし、キスをした。

「前へ、上へ、より高く！」と彼は叫んだ。「人間のなにより大切な仕事は、愛やセックスにかかわることでも、隣人に負けまいと見栄を張ることでもないのがわかってるかい？　名声や財産のためでもない！　いいかい、人間がいちばん長く戦ってきた相手は、奥さん、ほこりという自然力なんだ。それは家の関節という関節、肘という肘にはいりこむのさ！　ねえ、一年もすわりこんで、揺り椅子を揺らしててごらん、ぼくらはほこりに埋もれ、都市は失われ、庭は砂漠となり、居間はゴミ箱になるだろう！　うへ、屋敷を丸ごとつまみあげて、ほこりをふり落とせればいいのに！」

ふたりは働いた。

しかし、彼女は疲れた。最初に背中、つづいて「頭痛がするの」になった。彼はアスピリンを持ってきた。やがてあまりにもたくさんの部屋に疲れきってしまった。彼女は部屋の数がわからなくなった。それをいうなら、部屋にあるほこりの粒子の数は？　ああ、何十億にものぼるのだ！　彼女はくしゃみを連発し、小さな鼻をハンカチに押しあてながら、まごつき、真っ赤な顔をして、屋敷じゅうを歩いた。

「すわったほうがいい」と彼がいった。

「いいえ、だいじょうぶよ」

「休んだほうがいい」その口もとに笑みはなかった。

「平気よ。まだお昼にもなってないわ」

それがトラブルのもとだった。最初の朝、すでに疲れている自分。彼女はうしろめたさに襲われて、頰が真っ赤に染まるのを感じた。なぜなら、それは不必要な重圧と、余分な行動と緊張から成る奇妙な疲労だったから。自分をあざむくのもこれまで、もう無理だ。そう、わたしは疲れている。でも、働いたせいじゃない、ただこの場所のせいなのだ。越してきて二十時間とたっていないのに、もう疲れて、うんざりしている。そしてあの人には、そのうんざりした気持ちがわかるのだ。わたしの顔のどこかにそれが表れている。それがどこかはわからない。パンクした自転車のチューブみたいなものだ。チューブを水に沈めると、泡がブクブクと水中に立ちのぼる。それまでは、どこがパンクしたのかわからない。うんざりした気持ちをあの人に知られたくない。でも、友人たちが会いにくることを考えるたびに、彼らが仲間うちでいい合う言葉が頭に浮かんでくる――「マギー・クリントンになにがあったの?」「あら、聞いてないの? 例の作家と結婚して、バンカー・ヒルに住んでるのよ。バンカー・ヒルよ、想像できる? 古い幽霊屋敷だかなんだかにね!」「そのうち会いにいかなくちゃ」「ええ、そうね、とんでもなく価値があるもの。その家は倒れそうなの、いまにも倒れそうなのよ。かわいそうなマギー!」

「むかしは毎日午前と午後にテニスを何セットもプレイして、あいだにゴルフを一ラウンドはさんでも平気だったのに」と彼がいった。

「だいじょうぶよ」と、ほかにいうことを思いつかずに彼女はいった。

彼らは踊り場にいた。縦長の窓を仕切ってはめこんである、とりどりの色ガラスごしに陽が射していた。小さなピンクのガラス、青いガラス、赤と黄色と紫とオレンジ色のガラス。さまざまな色が、彼女の腕と手すりに映えていた。

彼はしばらく小さな色つきの窓ガラスに目をこらしていた。と、彼女を見て、「芝居がかってて照れくさいんだけど」といった。「子供のころ、すごく小さかったころ、ひとつ学んだことがあるんだ。お祖母さんの家には玄関ホールがあって、階段を登りきったところに、これとそっくりの小さな色ガラスのはまった窓があった。ぼくはそこまで登っていき、色ガラスを透かして見たものだ。そうすると――」彼は雑巾を放りだした。

「無駄だよ。きみにはわからない」階段を下りて彼女から離れていく。

彼女はそのうしろ姿を見送った。色ガラスに目をやる。彼はなにをいおうとしていたのだろう、けっきょくいわないことにしたのは、どんな莫迦げたことだったのだろう？彼女は窓辺へ寄った。

ピンクのガラスを透かして見ると、眼下の世界は薔薇色で、暖かそうだった。薄汚い雪崩のように崖のへりにへばりついている近所の家々も、薔薇と夕焼けの色合いに染まっていた。

黄色いガラスを透かして見る。すると世界は陽光にあふれ、キラキラと輝いて、さわやかそうだった。

紫のガラスを透かして見る。世界は雲に覆われていた。世界は病気にかかり、レプラを患《わずら》い、忘れられ、見捨てられたその世界のなかで人々が動いていた。家々は黒く、不気味だった。どこもかしこも打ち身で青黒かった。

彼女は黄色いガラスにもどった。陽光がよみがえった。この上なく小さな犬は、見るからに賢そうだった。この上なく汚い子供は、洗われたように見えた。錆びついた家々は、ペンキ塗りたてのように思えた。

階段の下に目をやると、ウィリアムが無表情なまま静かに電話のダイアルをまわしていた。それから彼女は色ガラスに目をもどし、彼がいおうとしたことを知った。どのガラスを透かして見るのか人は選べるのだ。暗いガラスか、明るいガラスかを。

彼女はすっかり途方に暮れた気がした。もう手遅れだという気がした。たとえ手遅れでなくても、そう感じるときがあるものだ。なにかいおう、ひとこといおう。ひとことでいい。でも、わたしには準備ができていない。その考えそのものが、わたしには新しすぎる。いまのわたしは口がきけないし、うまく伝えられない。それを体にしみこませなければならない。彼女はかすかな興奮のきざしを感じたが、不安と自己憎悪で抑えこんでしまった。と、そのとき、屋敷とウィリアムを憎む気持ちがチクリと胸を刺した。なぜなら、そのせいで自分を憎むことになったから。しかし、最後にそれは単なるいらだちに変わった。まわりを見ない自分ひとりへのいらだちに。

ウィリアムが下で電話していた。その声が明るい階段吹き抜けを昇ってきた。電話の相手は不動産業者だった。

「ミスター・ウルフですか？　先週売ってもらった例の家の件なんですが。ええと、売りに出せば売れると思いますか？　できれば多少は色をつけて？」

沈黙がおりた。自分の心臓が早鐘のように打つ音が、彼女の耳に届いた。

ウィリアムが受話器を置いた。彼女を見あげなかった。

「売れるだろうって」とウィリアムがいった。「多少は色をつけて」

「多少は色をつけて」と屋敷のてっぺんで〈聞き手〉がいった。

無言で昼食をとっていたとき、だれかが玄関ドアをたたいた。めずらしく黙りこくっていたウィリアムが応対に出た。

「ドアベルが壊れてるわよ！」と玄関ホールで女の叫ぶ声。

「ベス！」とウィリアムが叫んだ。

「ビル、このろくで――ちょっと、この家はたいしたものね！」

「気に入ったかい？」

「気に入ったかですって？　あたしの髪にバンダナを結んで、モップをわたしてよ！」

　ふたりはおしゃべりをつづけた。キッチンのマギーは、バターナイフを置いて、耳をすました。冷え冷えした気分で、不安がこみあげてきた。

「ちょっと、なにを犠牲にすればこんな家が手にはいるのよ！」と家じゅうをドタドタと歩きまわりながら、ベス・オルダーダイスが叫んだ。「手彫りの手すりを見て。おったまげた《ヘイ・スース》、ってスペイン人ならいうわね。あのクリスタルのシャンデリアを見て！　だれの頭をガツンとやったのよ、ビル？」

「さいわい売りに出ていたんだ」と玄関ホールでウィリアム。

「この家には何年も前から目をつけていたのよ！　それなのに、この幸運なろくでなし、あんたがか弱いベス・オルダーダイスの小さな鉤爪の下から、これをひっさらったなんて」

「その小さな鉤爪とやらをキッチンへ持っていけば、昼飯にありつけるよ」

「昼飯ですって、いつ働くのよ？　あたしはこれに手をかけたいの！」

マギーが玄関ホールに姿をあらわした。

「マギー！」あつらえたギャバジンのスーツ、ヒールの平らな靴、結ってない黒髪といういでたちのベス・オルダーダイスが、彼女に向かって叫んだ。「なんてうらやましい！」

「こんにちは、ベス」

「ねえ、疲れたかどうかしたみたいね」とベスが叫び、「ほら、すわってなさい。あたしがビルを手伝うから。ふだんホイーティーズ（商標。小麦のシリアル）を食べてるから、筋肉モリモリなの！」

「ここには長く住まないんだ」とウィリアムがぼそりといった。

「なんですって？」ベスが狂人を見るような目つきで彼を見た。「ええと、あなたの名前は？　フィネガン？　じゃあ、ママに売って。ママがほしがってるから」

「どこかに小さなコテージを見つけるんだ」と心にもない陽気な声でビル。

「コテージでなにができるっていうの」とベスが鼻を鳴らし、「ねえ、いい、あたしがあなたからこの屋敷を買うんだから、ビル、とにかくあたしに手を貸して、あたしの家を掃除してくれてもいいのよ！　その日よけを片づけるから手を貸して！」そういうと彼女は、虫食いの日よけを居間の窓から引きはがしにかかった。

ふたりはその午後じゅう働いた。ベスとウィリアムは。「あなたは横になるといいわ、ハニー」と、マギーを軽くたたきながらベスがいった。「あたしには無給《ただ》で働く手伝いがいるから」

屋敷にこだまと、キュッキュッとこする音が響きわたった。笑い声がはじけた。すさまじいほこりの嵐が玄関ホールで荒れ狂い、いちどベスが笑いすぎて、あやうく階段から落ちかかった。バタンという音、壁から釘が引きぬかれるギシギシという音があり、シャンデリアのぶつかるチリンチリンという音楽的な音があり、古い壁紙を剝がすビリビリという音があった。「ここをティー・ルームにするわ。で、こっちは、ええと、この壁はとり払っちゃいましょう!」とほこりの嵐のなかでベスが叫ぶ。「それがいい!」とウィリアムが笑い声をあげる。「手ごろな値段のアンティーク椅子をここに並べるとぴったりだわ!」とベス。「名案だ!」とウィリアム。ふたりはしゃべりつづけ、あらゆるものに手を置きながら、歩きまわった。彼は青いチョークでしるしをつけ、役立たずの家具を窓の外へ放りだし、配管をバンバンたたいた。「それでこそあたしのビルよ!」とベスが叫ぶ。「バヴァリア製のお皿の逸品をこの壁にずらりと並べるのはどう、ビル?」「すごい! すばらしい!」

マギーは蚊帳の外だった。はじめ彼女はむなしく寝室へあがり、それから下りてきて、陽射しのあふれる戸外へ出た。しかし、ビルのたてるしあわせそうな音からは逃れられなかった。彼は計画を練り、ドタドタと歩きまわり、笑い声をあげていた。それも、ほかの女といっしょに。屋敷を売ることなどすっかり忘れていた。あとでどうするつもりだろう、不動産業者に電話したのを思いだしたときに? もちろん、笑うのをやめるのだ。

マギーは両手をきつく合わせた。このベス・オルダーダイスが持っているものはなんだろう？　ぺしゃんこの胸、固くて不恰好な体でもなければ、手入れされていない髪や、ととのえられていない眉毛でもない。それはたしかだ。それがなんであるにしろ、このわたし、マギーが持っていない熱狂とさわやかさと力なのだ。でも、持っているとしたら？　けっきょく、なんの権利があってベスがここに来るのだ？　ここは彼女の家ではない。とにかく、まだいまのところは。

開いた窓ごしにベスの声が聞こえてくる。「この屋敷にどんな来歴があるのか知ってる？　一八九九年にある弁護士が建てたのよ。むかしここは高級住宅地だったの。この屋敷は威厳があったし、いまだってあるわ。人々はここに住むのを誇らしく思ったのよ。いまだって誇らしく思えるわ」

マギーは玄関ホールに立った。いったいどうしたらものごとを正せるだろう？　ものごとはまちがっていた、ベスがやってきて、正すまでは。どうやったのだろう？　言葉を使ったのではない。言葉はものごとをほんとうには左右できない。言葉にとどまらないものがある。行動、ひっきりなしの行動があるのだ。ビルはこの日の残りをマギーと過ごして楽しむより、いまこの瞬間、ベスと過ごして楽しんでいる。なぜ？　なぜなら、ベスがすばしこく動く手と生き生きした顔でものごとをなし、それらを片づけ、つぎに進むからだ。

ただし、肝心なのはウィリアムだ。彼は人生のなかで肉体労働をしたことがあるだろうか、釘を打ち、カーペットを運んだことが？ ない。作家である彼は、生まれてから今日まですわって、すわって、すわりとおしてきた。彼のほうが自分よりこの〈恐怖の館〉――おはいり、たったの十セント、一ドルの十分の一だよ！――にそなえができていたわけではない。それなら、どうして一夜にして変われたのだろう、この屋敷に身も心も投げだせるようになったのだろう？ 答えは単純明快だ。彼はマギーを愛している。これは彼女の家になる。洞窟で一夜を過ごしたとしても、彼は同じように変われただろう。マギーがいるなら、どこであろうといいところなのだ。

マギーは目を閉じた。周囲がぐるぐるまわった。わたしが触媒なのだ。わたしがいなければ、あの人はすわりこんで、ちっとも働かないだろう。それなのに自分は、一日じゅうぼんやりしていた。秘密はベスやウィリアムにではなく、愛そのものにあるのだ。愛はいつだって仕事の、熱狂の理由なのだ。もしウィリアムがわたしをしあわせにするために働くのなら、あの人のために同じことができないだろうか？ 愛はいつだってどこかでなにかを作ってきた。作るか、朽ちるかしてきた。人は結婚生活を営み――エゴを作り、家を造り、子供を作る。ひとりがやめても、もうひとりが惰性で進みつづける。しかし、それは骨組みの半分でしかない。最後には音をたてて崩れ落ちる、ちょうどトランプで築いた塔のように。

マギーは自分の手を見つめた。いまウィリアムに謝っても、ばつが悪いし、余計なことだろう。それなら、どうやってものごとを正そう？　ものごとをまちがわせたのと同じ方法だ。同じプロセスを逆転させるのだ。花瓶を割ったり、掛け布を破ったり、本を雨ざらしにしたりすると、ものごとはまちがう。花瓶を修理したり、掛け布を繕ったり、新しい本を買ったりすれば、ものごとは正しくなる。それらはなされること。この屋敷に対する自分の過ちは、なにもなさないこと、ぐずぐずとしか動かない手、気乗りしない目、生気の欠けた声の歴史だった。

彼女は雑巾をとりあげ、脚立に登り、シャンデリアを磨いた。それからすてきな思いつきで頭をいっぱいにしながら、玄関ホールを掃除した。すっかり片づいた屋敷が目に見えるようだ。清潔なアンティーク、フラシ天、暖かな色。新品の銅製品、ピカピカの木工品、きれいなシャンデリア、裁断されたばかりの薔薇色のカーペット、ニスを塗りなおしたアップライト・ピアノ、光のよみがえった古い石油ランプ、着色しなおした手彫りの手すり、色つきの縦長窓から注ぎこむ陽光。べつの時代にまぎれこんだようになるだろう。友人たちが三階の広い舞踏室、八つの巨大なシャンデリアの下で踊るだろう。古いオルゴール、古いワイン、極上のシェリー酒の芳香のように、家じゅうにただようやわらかな温もりがあるだろう。時間がかかるだろう。お金はないも同然だ。でも、ひょっとして一年以内に――

人々はいうだろう。「ビルとマグのところはすてきだよ、べつの時代みたいだ。とても居心地がいい。外見からは想像もつかないよ。うちもバンカー・ヒルで、あのすてきな古い館のどれかに住めたらなあ！」

彼女は色あせた壁紙を大きくちぎりとった。ようやくそのときになって、ウィリアムがその音を聞きつけ、驚き顔で玄関ホールのドアへやってきた。「もの音がしたと思ったんだ。きみはいつから働いていたんだ？」

「三十分前からよ」こんどの彼女の笑みは、心からのものだった。

ジョン・ウィルクス・ブース／ワーナー・ブラザーズ／MGM／NBC葬儀列車

The John Wilkes Booth / Warner Brothers / MGM / NBC Funeral Train

2003

ただ横になって長い昼寝をむさぼっていると、マーティ・フェルバーがわたしのオフィスに飛びこんできた。

「たいへんだ！」彼は叫んだ。「見にこなくちゃだめだ！」

わたしはのんびりと仰向けのまま、「見るって、なにを？」と訊いた。

マーティは、髪の毛をむしらんばかりだった。「聞いてないのか？　駅に、ワシントンDC発の特別列車がやって来るんだ。蒸気機関車で、ちくしょう、水を沸騰させて車輪をまわすんだぞ。ここに蒸気機関車が来るのは五十年ぶりだ！」

「蒸気機関車なら見たことがあるよ」

「いや、そうじゃない、これは変わってるんだ。黒一色で、縮緬《ちりめん》で覆われてる」

「縮緬で覆われてるって？　すぐ出かけよう」

わたしたちはすぐ出かけた。

駅でわたしたちは、からっぽの線路を見わたした。はるか彼方でもの悲しいむせび泣きがあがり、地平線上にもくもくと蒸気が立ちのぼって、嗚咽となって吹き払われた。黒っぽい列車が、冷たい霧雨のなか、黄昏の影からすべるようにあらわれ出た。

「乗客はいるのか?」とわたし。

「みんな泣いてるだろう。聞こえないのか?」

「なんてこった、聞こえるよ。さがって」

黒い列車は、雨を引き連れた黒雲のようにゆっくりとやってきた。おぼろな蒸気がそれを包んでいた。

エンジンは煙の幽霊を吐きだしつづけ、いっぽう列車はもの悲しげな客車の列を引いていた。いずれも焼けた石炭のように漆黒で、縮緬が屋根に貼られており、そこでは青白い蒸気がささやき、泣き声が客車のなかから漏れつづけていた。

はじめの客車の側面にMGMと活字体で書かれていた。

二輛めはワーナー・ブラザーズと読めた。

三輛めと四輛めは、パラマウントとRKO。

五輛めは、NBC。

ひどい悪寒が体じゅうに広がった。わたしは呆然として立ちつくした。

しかし、とうとう、マーティといっしょに通過する客車にそって歩いた。

黒い縮緬の屋根がそよぐ。各車輛の窓は雨で洗われたようだ。

エンジンのあげる哀調をおびた叫びがくり返し響くなか、わたしたちは足早に移動し、窓はこやみなく涙を流した。

ついに最後尾の、いちばんもの悲しげな車輌にたどり着いた。そこでわたしたちは、雨をしたたらせる大きな窓ごしに目をこらした。

なかには、白い花に埋もれた細長い漆黒の棺《ひつぎ》が安置されていた。

わたしは稲妻に打たれたかのように立ちつくした、恐ろしい手に心臓をわしづかみにされて。「なんてこった！」と叫ぶ。「悪夢だ！　お祖母ちゃんの大きな絵本のなかに、こういう列車が描かれていた。でも、ＭＧＭやパラマウントみたいな名前は側面になかったぞ」言葉を切る。ろくに息ができなかったからだ。

「主よ」わたしはあえいだ。「あの窓の向こう、棺。彼がはいってるんだ。ああ、なんてこった、彼なんだ！」

目を閉じる。

「これはエイブラハム・リンカーンの葬儀列車だ！」

漆黒の列車のどこかから、またべつの低い叫びが聞こえてきた。黒い縮緬がはためいた。

そのとき、ひとりの男がプラットフォームをこけつまろびつ走ってきた。旧友のエルマー・グリーン、映画スタジオの広報担当だ。わたしにぶつかり、目の前でわめく。

「よお、こいつは掘り出しもんだろう？　いろいろと見せてやる。来いよ」

だが、靴がコンクリートに沈みこんで、わたしは立ちつくしていた。

「どうした？」とグリーン。

「どういうふうに見える？」

「泣いてるんじゃないだろうな。よせよ。行こう」

彼は漆黒の客車のわきへさがり、マーティとわたしがつづいた。わたしはよろめきながら歩いた。涙で目が見えないのだ。

グリーンがついに足を止め、「あの大きな赤いパシフィック電鉄の路面電車が見えるか？　列車のほかの部分とは合ってないだろう？　見ろよ。まんなかの窓を」

「ビジネス・スーツの男が四人、葉巻をふかしながらトランプをしてる。ぽっちゃりした男は――待ってくれ」

「だれだ？」

「ルイス・B・メイヤー、MGMの大立て者。ライオンのルイだ！　どうしてここにいるんだ？　彼は死んでるんだぞ」

「きみが思ってるのとはちがうんだよ。いいか。一九三〇年のむかし、ルイス・Bとそのイエスマンたちは、この大きな赤い路面電車に乗りこみ、自家用線路をたどってMGMのスタジオを出ると、極秘試写会のためにグレンデールへ向かった。それからこのすばらしいライオネル電車（模型鉄道のこと）にまた乗りこみ、轟音をあげて帰ってきた。試写アンケートの結果がよければ歓声をあげ、悪ければ、カードを紙吹雪みたいに飛ばしながら」

「それで?」と沈んだ声でわたし。

「それで、そういう列車がやってきて、だれかがこういう列車に乗ってきたなら、耳をかたむけるものだ。さあ、乗りこんで、ルイス・Bに会いたまえ、この大きな捕らわれのバタフライ式タイム・マシンに乗った、生き返ったキリスト教徒ユダヤ系アラブ人に」

　わたしは呆然のあまりかすむ目で自分の脚を見つめた。

「まいったな!」グリーンがいった。「彼を乗せるのを手伝ってくれ」

　マーティに右の肘、グリーンに左の肘をつかまれ、わたしは列車の上にひっぱりあげられた。

　わたしたちは、何十人もの男がトランプを切り混ぜている、煙のこもった客車をよろよろと抜けていった。

「なんてこった!」わたしは声をはりあげた。「あれは二十世紀フォックスの製作部長、ダリル・ザナックか? それにあそこ、ガウアー・ストリートの野獣、ハリー・コーン(コロンビア映画の創業者の一人。辣腕で有名)だろう? いったいぜんたい、どうして彼らがこの悪夢に迷いこんだんだ?」

「さっきいったように、時間復元バタフライ・ネットに捕らわれたんだ。史上最大のろくでもない網《ネット》が、彼らを墓からすくいあげ、彼らには断れっこない申し出をした――六フィート分の土か、さもなければジョン・ウィルクス・ブース(リンカーンの暗殺者)永遠特急の乗車券かってね」

「神さま！」

「いや、エルモ・ウィルスの仕業だ」とグリーンが叫んだ。「MGMラスヴェガスのさる地下室で、やつはデジタル・コンピュータを不正操作して、ヒステリーの発作を起こさせ、スーパー旅行式キャッチャー・ミットを作りあげたんだ」

　わたしは煙のこもった賭博場を見わたした。

「近ごろはそうやって列車を捕まえるのか？」

「そうだ」とグリーン。

「各車輛にスタジオの名前がある」とわたし。「そしてなかでは、死んだ大立て者たちが、ピンピンしてる」

「みんなヴァーチャル・ネットでよみがえったんだ。エルモにいわせれば、『史上最高の機関車はなんだ？　ボビー・ケネディかルーズヴェルトを帰宅させた列車か？　一世紀前に全国を旅してまわり、だれもが泣いた列車はなんだ？』さ」

　わたしは頬が濡れるのを感じた。

「葬儀列車だ」と静かな声でわたし。「エイブ・リンカーンの」

「賞品に葉巻を進呈するよ」

　列車がガクンと動きだした。

「出発するのか？」わたしは叫んだ。「この忌まわしいものに乗ってるところを見られたくない」

「じっとしてろ」とグリーン。「給料はいくらほしい」

わたしはあやうく彼の笑顔をなぐるところだった。

「地獄に堕ちろ！」

「もう堕ちてる」とグリーンが笑い声をあげ、「でも、生き返るさ」

列車がまたガクンと動いて、ガリガリと音をたてた。

友人のマーティが前のほうへすっ飛んでいき、走ってもどってきた。

「見なきゃだめだ！　隣の客車は弁護士でぎゅう詰めだ」

「弁護士だって？」わたしはグリーンに向きなおった。

「法律問題が山とあるんだ」とグリーン。「スケジュールの問題。どの街を訪ねるのか？　どの放送局と組むのか？　どの出版社と契約を交わすのか？　ＮＢＣと組むのか、それともＣＮＮと組むのか？　そういうたぐい」

「そういうたぐいだって！」わたしは叫び、前のほうへ突進した。マーティがすぐあとを追ってきた。

わめき、指さし、悪態をついている狂人の群れをかき分けて、わたしたちは走った。四輛めのドアを勢いよくあけると、蛍の光が乱舞する真夜中の牧場《まきば》へ出た。盲目の機械の閃光が踊り狂っているのだ。

いたるところ、デジタル・イルミネーションの火と亡霊じみた影が、宇宙の果てまで並んで見えた。

このほの暗い洞窟は、宇宙船のコントロール・パネルらしきものに照らされていた。小柄だが、小人ではないひとりの男が、指をすばやく動かし、操縦盤の上でパターンを描いている。途方もなく罰あたりな蝶採り機《バタフライ・ハーヴェスター》の発明者にちがいない。

わたしがこぶしを固めて両手をあげると、小人が大声でいった。「わたしをなぐるつもりだな？」

「なぐるだって、とんでもない、殺すんだ。いったいなにをやったんだ？」

「なにをやったかって？」男が叫んだ。「歴史に口移しで人工呼吸したんだ。網《ネット》を投げて、ベン・ハーの戦車かクレオパトラの船を捕らえ、流血沙汰をそそのかし、時間の犬を解き放ってもよかったんだぞ」

彼は視線を落とし、輝く輪郭を手でなぞった。失われた歳月を見まもりながら、なかばひとりごとのように言葉をつづける。

「いいか、わたしはよく考えたんだ、もし一八六五年のあの夜、もっと早い時間にフォード劇場で火事が起きていたら、この葬儀列車は失われ、アメリカの歴史は永遠に変わっただろう、と」

「もういっぺんいってくれないか？」とわたし。

「火事だ」とエルモがくり返した。「フォード劇場で」

「火事か」とわたしは小声でいってから考えた――混雑した劇場で「火事だ」と叫ぶわ

けにはいかない。だが、混雑した劇場列車で叫んだらどうなる?

気がつくと、わたしは金切り声をあげていた。

「くそったれども!」

うしろの車輛に通じるドアへ飛びつき、勢いよくあける。

「ろくでなしども!」

四十人近くの弁護士が、わたしの汽笛のような金切り声で飛びあがった。

「火事だ!」わたしは絶叫した。「フォード劇場が火事だ! 火事だ!」と金切り声をあげる。

罰あたりな、ろくでもない列車に乗っているだれの耳にも届いたはずだ。

古風なドアが勢いよく開いた。わめき声でぎゅう詰めの古風な窓がさっとあげられた。

「逃げるな!」とグリーンが叫ぶ。

「だめだ!」とわたしは叫んだ。「火事だ、火事だ!」

わたしは怒鳴りながら客車をつぎつぎと抜け、猛火を広げた。

「火事だ!」

するとパニックがすべてを吸いこみ、だれもが列車から降りた。

プラットフォームはこのたくらみの犠牲者たちと、名前をなぐり書きし、たわごとをわめき散らしているイカレた弁護士たちで立錐の余地もなくなった。

「火事だ!」わたしは最後にもういちど小声でいった。列車は、悪天候の午後の歯医者の待合室なみにがらんとしていた。

　グリーンがよろよろとわたしのところまでやってきた。こんどは彼の足がコンクリートに沈んでいるように見えた。その顔は蒼白で、呼吸ができないようだった。

「列車をＵターンさせろ」とわたしはいった。

「なんだって？」

　マーティのあとについて、火のついていないキューバ葉巻やトランプの散らばった混乱のなかを進む。

「Ｕターンだ」わたしは泣き声でいった。「列車を一八六五年四月のワシントン駅にもどすんだ」

「無理だ」

「そこから来たんだろう。もどれ、後生だから、もどってくれ」

「帰りの乗車券はない。前にしか進めないんだ」

「前に？　ＭＧＭにはアスファルトで覆われてない側線がまだあるのか？　そこへ乗り入れるんだ、たとえば一九三二年に。ルイス・Ｂ・メイヤーを降ろして、サルバーグ（ＭＧＭの製作部長）が四輌うしろの客車で生きてると教えてやれ。メイヤーは心臓発作を起こすぞ」

「ルイ・Ｂが？」

「ハリー・コーンもだ」とわたし。

「ＭＧＭは彼のスタジオじゃない」

「タクシーを呼ぶか、ヒッチハイクできるだろう。でも、この愚劣なろくでもない列車にはだれひとりもどらせない」

「だれひとり？」

「わたしがほんとうにマッチを擦って、火をつけるとき、フォード劇場で埋葬されたいのでないかぎりは」

プラットフォームにいる弁護士の群れが押し寄せてきて、たわごとを吐き散らした。

「連中は訴訟を起こそうとしてる」とグリーン。

「連中にわたしの生命保険を売ってやるよ。逆進しろ」

列車が大きな鉄の犬のように体を震わせた。

「手遅れだ、行かないと」

「ああ、そうか。見ろ」

すべての犠牲者と弁護士が、われがちに乗りこもうとしていた。「火事だ」と叫んだ愚か者のことは、すっかり忘れられていた。

「あばよ」とグリーンが小声でいった。

「行けよ」と弱々しい声でわたし。「でも、つぎはだれだ？」

「つぎっていうと？」

「あんたの忌々しい霊安室ワープに捕らえられるやつ。だれが捕まって、ガスをかがされ、ピンで留められるんだ？」

　グリーンはくしゃくしゃになった紙をひっぱりだした。

「ラファイエットとかいう名前のやつだ」

「とかいう名前のやつだって？　このぼんくらのまぬけ野郎！　ラファイエットのおかげで独立戦争に勝てたのを知らないのか。二十二歳で、大砲と船と制服と兵隊を運んできてくれたのを⁉」

「ここにはそんなこと書いてないな」グリーンはメモをしげしげと見た。

「ラファイエットはワシントンの養子だった。帰国して、長男にジョージ・ワシントン・ラファイエットという名前をつけた」

「それも書いてない」とグリーン。

「七十歳でもどってきて、八十の都市をパレードした。人々は彼にちなんで通りや、公園や、街に名前をつけた。ラファイエット、ラファイエット、ラファイエット」

「おい！」グリーンがメモを突きだし、「そうだよ、ラファイエットの二度めのさよならツアーだ」

　列車が暗殺者の叫びをあげ、車輪が歯をきしらせた。

「スプリングフィールドで会おう」グリーンが後部デッキに飛び乗った。「来年の四月に」

「あんたといるのは何者だ？」わたしは声をはりあげた。

「ブースだよ」彼が叫んだ。「ジョン・ウィルクス・ブース。この展望車から一席ぶったんだ」

「哀れなごくつぶし」とわたしは小声でいった。

グリーンがわたしの唇の動きを読み、くり返した。「哀れなごくつぶし」

そして列車は進みつづけた。

用心深い男の死

A Careful Man Dies

1946

きみはひと晩に四時間しか眠らない。十一時にベッドにはいり、三時に起きだすが、頭は水晶のように澄みわたっている。それから、きみの一日がはじまる。コーヒーを飲み、一時間ほど読書し、ラジオの深夜放送の、遠くかすかで現実離れしたおしゃべりや音楽に耳をかたむける。ひょっとすると散歩に出かけるかもしれない。そのときには、警察から交付された特別許可証を忘れない。深夜おかしな時間に出歩いていて、何度か捕まったことがあり、わずらわしくなって、とうとう特別許可をもらい受けたのだ。いまでは好きなところを口笛を吹きながら歩ける。ポケットに手をつっこみ、ゆったりしたテンポで舗道を蹴って。

この習慣は十六歳のときからつづいている。いまきみは二十五歳。ひと晩の睡眠は、あいかわらず四時間で足りる。

きみの家にガラス製品はほとんどない。髭剃りには電気剃刀を使う。安全剃刀だと傷をこしらえることがあり、きみは血を流してはいけない体だからだ。

きみは血友病患者。血が流れだすと、止まらない。きみの父親もそうだった——もっとも、恐ろしい実例にしかならなかったが。あるとき、かなり深く指を切り、病院へ運ばれる途中、出血多量で亡くなったのだ。母方にも血友病の血が流れていて、きみはそれを受け継いだわけだ。

きみは上着の右側の内ポケットに、凝血剤の小瓶を肌身離さず持ち歩いている。怪我をしたら、すぐに嚥《の》みくだすのだ。凝血薬が全身に広がり、血の浸出を止めるのに必要な凝固成分を供給してくれる。

だから、きみの人生はこういうものだ。四時間の眠りしか必要とせず、鋭利なものには近づかない。きみの人生のめざめている時間は、ふつうの人間の二倍近いが、予想される寿命は短いので、皮肉にもバランスがとれていることになる。

朝の郵便が来るまで、まだ長い時間がある。そこできみは、タイプライターで小説のつづきを四千語分たたき出す。九時にドアの前の郵便受けがカチリと音をたてると、きみはタイプした紙を重ね、クリップで留めてから、カーボン・コピーをたしかめ、**進行中の長篇**と見出しのついたファイルにはさみこむ。そして、煙草を吸いながら、郵便をとりに行く。

きみは郵便受けから郵便をとり出す。一流雑誌から三百ドルの小切手が一枚、二流出版社から原稿返却通知が二枚、そして緑の紐でくくられた小さなボール箱がひとつ。手紙にざっと目を通したあと、きみは箱に注意を向ける。紐をほどき、ふたをあけ、手をさしこんで、なかのものを引きだす。

「ちくしょう！」

きみは箱をとり落とす。指に浮いた赤いしみが、みるみる広がる。なにかピカピカ光るものが、包丁をふり下ろすような動きで宙を一閃したのだ。金属バネがヒュンとうなる音もした。

傷ついた手から血がとめどなく流れはじめる。きみはしばらくそれを見つめ、床にころがった鋭利なものに目を移す。バネ仕掛けの罠に剃刀を仕込んだ、小さいが凶悪な道具。ひっぱりだしたとき、きみの不意をついたのだ！

わなわな震えながら、おぼつかない手つきでポケットに手をさし入れる。体じゅう血だらけだ。そして錠剤の瓶をひっぱりだし、何錠か噛みくだす。

それから、薬で血が固まるのを待つあいだ、ハンカチで手をくるみ、おそるおそる道具を拾いあげ、テーブルに載せる。

十分ほどにらんだあと、きみは腰をおろし、不器用な手つきで煙草をくわえる。まぶたがひくつき、視界がゆらいで、室内のものが溶けて固まり、また溶けて、とうとう答えが出る。

（……おれを嫌っているやつがいる……おれを毛嫌いしているやつが……）

電話が鳴る。受話器をとる。

「ダグラスです」

「やあ、ロブ。こちらジェリーだ」

「ああ、ジェリーか」

「調子はどうだい、ロブ？」

「真っ青になって震えてるよ」

「どうした？」

「剃刀のはいった箱を送りつけてきたやつがいる」

「冗談だろ」

「ホントの話だ。でも、こんな話、聞きたくないだろう」

「小説のほうはどうだ、ロブ？」

「とがったものが、これからも送りつけられてくると、未完で終わりそうだ。つぎの郵便で、カットグラスのスウェーデン製花瓶が届くんじゃないかな。さもなけりゃ、大きな折りたたみ式の鏡がついた手品師用のキャビネットか」

「声が変だぞ」

「変にもなるさ。小説の件だけど、ジェラルド、快調そのものだよ。また新しく四千語を書きおえたところ。この場面では、アン・J・アンソニーが、ミスター・マイクル・M・ホーンに首っ丈のところを見せるんだ」

「きみはもめごとを引き起こしたいんだな、ロブ」

「ついさっきそうだとわかったよ」

ジェリーがなにかつぶやく。

「マイクはじかには手を出してこないよ、ジェリー」ときみはいう。「アンだってそうだ。けっきょく、アンとぼくはいちどは婚約した仲だ。ふたりがなにをしてるか、知ってしまう前の話だけどね。あいつらはパーティーを開いて、客にモルヒネをたっぷり注射していたんだ」

「でも、本を書かせないように、なにか手を打ってくるかもしれないぞ」

「そのとおりだ。もう打ってきたよ。郵便で届いたこの箱さ。まあ、もしかするとあのふたりじゃなくて、べつのだれかの仕業かもしれない。本のなかに出てくるべつのだれかさんが、思いついたことかも」

「最近アンと話をしたか？」

「ああ」

「やっぱり、ああいう暮らしのほうがいいのかね？」

「退屈はしないからな。麻薬をやれば、きれいな絵がたくさん見られるんだ」

「とても信じられん。そんな女には見えないのに」

「きみにはエディプス・コンプレックスの気《け》があるんだよ、ジェリー。女性が牝には見えないんだ。湯で洗われ、花で飾られ、ロココ調の台座に据えられた中性の象牙彫刻みたいに思えるんだ。きみは母上を愛しすぎちまったんだよ。さいわい、ぼくはそこまで女を信じちゃいないからね。アンにはしばらくだまされた。でも、ある晩、彼女はお楽しみが過ぎたんだ。てっきり酔っ払ってるんだと思ったら、ぼくにキスして、こっちの手に小さな注射器を押しこんできて、こういった。『ねえ、ロブ、お願い。きっと気に入るわ』注射器にはモルヒネがたっぷり詰まってた。それをいうならアンも同じ」

「そういうことだったのか」と受話器の向こう側でジェリーがいう。

「そういうことだったんだ」ときみ。「だから警察と州の麻薬取締局に話をした。でも、どこかで圧力がかかったのか、なかなか動きだそうとしない。それか、賄賂をもらってるかのどちらかだ。たぶん両方がすこしずつなんだろう。どんな組織にも、パイプを詰まらせるやつが、どこかにかならずいるものだ。警察署には、袖の下をとって、警察の面汚しをするやつが、かならずひとりはいる。それは事実だ。その事実から逃げるわけにはいかない。みんな人間だからね。ぼくだってそうだ。ある方法でパイプの詰まりを掃除できないなら、べつの方法で掃除するだけの話さ。いうまでもないが、このぼくの小説が、その仕事をしてくれるだろう」

「きみも汚れといっしょに流されるかもしれないぞ、ロブ。きみの小説が世に出れば、麻薬局の連中が恥じ入って動きだすと本気で思ってるのか？」

「そう願いたいものだ」

「訴えられないか？」

「その点は考えてある。作中の人物はすべて架空だと明記した書類にサインして、出版社にわたしてある。だから非難されても、彼らに累はおよばない。これなら、嘘をついたのはぼくであって、出版社に責任はないわけだ。訴えられたら、小説の印税を弁護料にあてるよ。証拠は山ほどあるんだ。ついでにいうと、なかなかの傑作だよ」

「まじめな話だけど、ロブ。剃刀のはいった箱が送られてきたんだな？」

「ああ、いちばんの危険はそこにあるんだ。ゾクゾクするくらいだよ。連中はおおっぴらにぼくを殺しはしないだろう。でも、自分の不注意と生まれつきの血液の欠陥のせいでぼくが死んだのなら、だれも連中を責められない。連中はぼくの喉をかっさばきはしないだろう。その点はまずまちがいない。でも、剃刀か、釘か、車のステアリングのへりにとり付けられたナイフの刃か……じつに芝居がかってるじゃないか。そっちの小説は進んでるのかい、ジェリー？」

「すこしずつだがな。今日いっしょに昼飯を食わないか？」

「いいねえ。ブラウン・ダービーでどうだ？」

「きみはホントにもめごとを引き起こしたいんだな。アンが毎日そこでマイクと飯を食ってるのは、よく知ってるだろう！」

「刺激があると食欲が増すんだよ、ジェラルドの旦那。じゃあな」

きみは受話器を置く。手はもうだいじょうぶだ。きみは口笛を吹きながら、バスルームで包帯を巻く。それから小さな剃刀の仕掛けをじっくりと調べる。幼稚な仕掛けだ。うまく働いたとしても、成功の見こみは五十パーセントもないだろう。

きみは腰をおろし、さらに三千語を書く。朝の出来事が刺激となったのだ。

車のドアの把手にヤスリがかけられている。夜中に削って、剃刀の刃のように鋭くした者がいるのだ。ポタポタと血をしたたらせながら、きみは家にもどって包帯を巻きなおす。錠剤を嚥む。出血が止まる。

新しい二章分の原稿を銀行の保管金庫にあずけたあと、きみは車を走らせ、ブラウン・ダービーでジェリー・ウォルターズと落ち合う。ジェリーは例によって小柄な体から生気を発散させている。髭の濃い顎、分厚い眼鏡レンズの奥にある飛びだし気味の目。「アンがなかにいるぞ」彼はにやりときみに笑いかける。「マイクもいっしょだ。どうしてここで飯を食いたがるんだ？　訊きたいもんだよ」笑顔が消え、彼はきみをまじまじと見る。きみの手を。「一杯やらんといかんな！　こっちだ。アンは向こうのあのテーブルだよ。会釈しとけ」

「してるところさ」

きみは隅のテーブルについたアンを見つめる。金糸と銀糸を織りこんだモンクスクロスのスポーツ・ドレスに身を包み、青銅の台座に宝石をはめこんだアステカ風の首飾りを日焼けした首にかけている。髪も同じ青銅色だ。そのかたわら、葉巻と紫煙の陰に、マイクル・ホーンのどちらかといえば長身で瘦せぎすの姿がある。いかにもそれらしい身なりだ。ギャンブラー、麻薬の元締め、比類なき快楽主義者、女たらし、人を顎で使う男、ダイアモンドと絹の下着を好んで身に着ける者。きみは彼と握手したいとは思わない。あの手入れされた爪は、見るからに鋭すぎる。

きみが腰をおろすと、サラダが出てくる。それを食べているとき、カクテルを飲みおえたアンとマイクが、テーブルのわきを通りかかる。「やあ、切れ者さん」あとの言葉をわずかに強調して、きみはマイクル・ホーンにいう。

ホーンのうしろにボディガードがいる。シカゴから来た二十二歳の若造で、名前はバーンツ。黒い上着の衿にカーネーションをさし、黒髪をグリースで固めている。目尻の小さな筋肉が目をふさいでいるので、悲しげに見える。

「こんにちは、ロブ」とアンがいう。「ご本はいかが？」

「快調、快調。きみが出てくるご機嫌な一章を書きおえたところだよ、アン」

「それはありがとう」

「このケチな小悪党といつ手を切るんだい？」とマイクに目をやらずにきみは訊く。

「彼を殺したあとよ」

マイクが笑い声をあげ、「そいつは名案だ。さあ、行こうぜ、ベイビー。このとんまにはうんざりだ」

きみはナイフとフォークをひっくり返す。どういうはずみか、皿に盛った料理がたくさんこぼれる。きみはマイクになぐりかかる。だが、バーンツとアンとジェリーにとり押さえられたので、すわりこむ。耳の奥で血がドクドクと脈打っている。だれかがナイフとフォークを拾って、きみにわたす。

「あばよ」とマイクがいう。

アンは時計の振り子のようにドアから出ていき、きみは時間に気がつく。マイクとバーンツがそのあとを追う。

きみはサラダに目をやる。フォークに手をのばす。サラダをすくいあげる。フォークいっぱいのサラダを口に運ぶ。

ジェリーがまじまじときみを見て、「おいおい、ロブ、どうかしたのか？」

きみは口をきかない。フォークを口から抜きだす。

「どうしたんだ、ロブ？　吐きだせ！」

きみは吐きだす。

ジェリーが小声で悪態をつく。

血。

きみとジェリーはタフト・ビルから出る。いまきみは身振りで意思を伝えている。口のなかには脱脂綿。きみは消毒剤の臭いをプンプンさせている。

「でも、どうしてなんだろう」とジェリーがいう。きみは手振りで意思を伝える。「ああ、そうか、ダービーでの喧嘩だな。フォークが床に落ちる」きみがもういちど手振り。ジェリーがパントマイムを言葉で説明し、「マイクかバーンツがそれを拾って、きみに返す。でも、削ってとがらせたフォークとすり替えてあるんだ」

きみは顔を真っ赤にして、激しくうなずく。

「さもなければ、アンの仕業かも」とジェリー。

ちがう、ときみはかぶりをふる。このことを知っていたら、アンはマイクと縁を切るはずだ、とパントマイムで説明しようとする。ジェリーには伝わらず、彼は分厚い眼鏡ごしにきみを見つめるばかり。汗が出てくる。

舌は傷がつくと厄介な場所だ。きみのある知り合いは、むかし舌を切り、出血は止まったものの、傷はとうとう治らなかった。血友病患者ならどうなるか、想像してみるがいい！

きみはまた手振りし、作り笑いを浮かべながら、車に乗りこむ。ジェリーが目を細くし、考えて、理解に達し、「なるほど」と笑い声をあげる。「あとは背中をひと突きすればいい、そういいたいんだな？」

きみはうなずき、握手して、走り去る。

突如として、人生はもうそれほど楽しくはなくなる。人生《ライフ》は現実だ。生命《ライフ》とは、ほんのちょっとしたことで、血管から流れだすものだ。知らず知らずのうちに、きみの手は錠剤のしまってある上着のポケットへ繰り返し向かう。頼りになる錠剤。

ちょうどこのころ、きみは尾行されているのに気づく。

つぎの角を左折し、猛然と頭を働かせる。事故。気絶して、出血する。意識がないので、ポケットにしまってある、あの貴重な小さな錠剤を噛みくだすことはできないだろう。

アクセルを踏む。車は轟音をあげて飛びだす。ふり返ると、例の車はあいかわらずあとをつけていて、距離を詰めつつある。頭にゴツンと一発、かすり傷でも、きみは一巻の終わりだ。

ウィルコックスで右折し、メルローズまで来ると、もういちど左折。だが、尾行車をふり切れない。残る手だてはひとつだけ。

きみは縁石に車を寄せ、キーを抜いて、すばやく下りると、だれかの家の芝生まで歩いていって、すわりこむ。

尾行車が通過するとき、きみはにんまりし、手をふる。

車が見えなくなるとき、罵声が聞こえるような気がする。

きみは歩いて家に帰る。途中で自動車修理工場に電話を入れ、回送の手配をする。

きみはむかしから元気だったが、いまほど元気だったことはない――きみは永遠に生きるだろう。きみは、連中が束になったよりも頭が切れる。油断がない。向こうがなにを仕掛けてきても、先を読み、裏をかくことができる。きみは自信たっぷりだ。きみが死ぬはずがない。ほかの人間は死ぬ。でも、きみはちがう。きみは自分の生きる能力に万全の信頼を置いている。きみを殺せるほど頭のいい人間はいないだろう。

きみは炎を食らい、砲弾を受けとめ、唇に松明を燃やした女に接吻し、ギャングの顎の下をくすぐることができる。きみの体質が、こういう血が体に流れていることが――きみをギャンブラーにしたのだろうか？　一か八か賭ける男に。きみには危険や、危険すれすれを病的に求める気持ちがあるが、それを説明する方法がなにかあるにちがいない。そうだな、こう説明してみよう。きみはそれぞれの経験を無事に切りぬけるたびに、途方もない自我の高揚をおぼえるのだ。認めたまえ、きみはうぬぼれの強い自己満足型の人間で、自己破壊という病的な観念にとり憑かれているのだ。もちろん、その観念は隠れている。死にたがっていることを表向き認める人間はいない。だが、その願望はどこかにある。自己保存の本能と死にたがる気持ちが、綱引きをしているわけだ。死への衝動がきみを窮地に追いこみ、自己保存の本能がそこからひっぱりだす。きみが五体満足、無傷で窮地を切りぬけたとき、人々がたじろぎ、不快そうに身をよじるのを見て、きみは彼らを憎み、笑いを浴びせる。きみは優越感に浸る、神のごとく、不死身なのだと。彼らは劣等で、臆病で、平凡なのだと。そしてきみは、アンが自分よりも麻薬を選んだと思うと、いらだちではすまないものを感じる。彼女は注射針のほうが刺激的だと思っているのだ。ちくしょうめ！　それなのに——きみも彼女を刺激的だと思っている——そして危険だと。しかし、彼女といられるチャンスがあれば、きみは飛びつくだろう、いつか、そう、いつかそのうち……。

日はめぐって、ふたたび午前四時。きみの指がタイプライターを快調にたたいているとき、ドアベルが鳴る。きみは起きあがり、夜明け前の完全な静けさのなか、応対に出る。

はるか彼方、宇宙の反対側で彼女の声がいう。「おはよう、ロブ。アンよ。もう起きてる？」

「ああ。きみが訪ねてくるなんて、ずいぶん久しぶりだな、アン」きみはドアをあける。彼女はいい匂いをふりまきながら、きみのわきをすり抜けてなかにはいる。

「マイクにはうんざり。あの人といると気分が悪くなるわ。あたしにはロバート・ダグラスっていう良薬が必要なの。ホントにうんざりしたのよ、ロブ」

「そうらしいね。お気の毒」

「ロブ――」間《ま》。

「なんだい？」

間。「ロブ――明日いっしょに出かけられない？　ええと、そうじゃなくて今日――今日の午後。どこかの海岸で、日光浴でもして、日焼けでもしない？　あたしにはそれが必要なのよ、ロブ、切実にね」

「うん、いいんじゃないかな。そう。悪くない。よし、そうしよう！」

「あなたが好きよ、ロブ。せめてあのろくでもない小説を書かないでくれればいいのに」

「きみがあの悪党どもと手を切ったら、やめるかもしれない」ときみはいう。「でも、あの連中がきみにしたことが気にくわない。マイクがぼくにしてることを、あいつから聞いてるかい？」

「彼がなにをしてるの？」

「ぼくに血を流させようとしてるんだ。つまり、ほんとうに、、、出血させようとしてるんだよ。マイクの正体は知ってるんだろう、アン。肝っ玉が小さくて、怖がり屋なんだ。それをいうなら、バーンツも同じだ。ああいう手合いは前に見たことがある。タフぶって、気の小さいところを見せないようにするんだ。マイクはぼくを殺したがらない。殺すのが怖いんだ。脅かせば、ぼくが手を引くと思ってる。でも、ぼくはやめたりしない。最後までやりぬくだけの度胸が、あいつにあるとは思わないからだ。あいつは殺人で挙げられるよりは、麻薬で捕まるほうを選ぶだろう。マイクのことはわかってる」

「でも、あたしのことはわかってるの？」

「そのつもりだよ」

「よーくわかってる？」

「ちゃんとわかってる」

「あなたを殺すかもしれないわ」

「そんな真似はしないよ。ぼくのことが好きだから」

「自分のことだって好きよ」と、猫が喉を鳴らすような声で彼女がいう。

「きみにはいつも不思議なところがあった。なにがきみをチクタク動かしてるのか、とうとうわからなかったし、いまだにわからない」

「自己保存の本能よ」

きみは彼女に煙草を勧める。彼女は間近にいる。きみは考えこむようにうなずき、

「いちどきみが蝿の翅《はね》をむしるところを見たことがある」

「面白かったわ」

「学校でアルコール漬けの仔猫を解剖したのかい？」

「好きだった」

「麻薬がきみになにをするのか、知ってるのか？」

「それも大好き」

「じゃあ、これは？」

きみは彼女のそばにいるので、ちょっと動くだけで顔がくっつく。その唇は見た目と同じくらいすばらしい。温かく、動きがあって、柔らかい。

彼女はきみをすこし押しのけ、「これもやっぱり大好きよ」

きみは彼女を抱きよせ、ふたたび唇を合わせ、目を閉じて……。

「ちっ！」きみは体を離す。

彼女の爪が首に食いこんだのだ。

「ごめんなさい。痛かった？」

「だれもがぼくに怪我をさせたいらしいな」きみは愛用の瓶をとりだし、二錠ふりだす。

「まいったな、なんて力なんだ。こんどからはやさしくあつかってくれよ。こっちはヤワなんだから」

「ごめんなさい、われを忘れちゃったの」

「うれしいことをいってくれるね。でも、キスしただけでこうなる、、とすると、先へ進んだら、血まみれになっちゃうな。ちょい待ち」

新たな包帯を首に。あらためてキスをしに行く。

「気楽にやろう、ベイビー。ビーチへ行こう。そうしたらマイクル・ホーンとつきあうのがどんなに悪いことか、お説教してやるよ」

「あたしがなにをいっても、あなたは小説を書くのね、ロブ？」

「決めたんだ。なにをしてたんだったっけ？　ああ、そうか」

ふたたび唇が重なる。

正午すこし過ぎ、きみは陽射しの降り注ぐ崖の上に車を停める。アンが先に駆けだし、二百フィート下の海岸まで木製の階段を下りていく。風が彼女の青銅色の髪をかきあげる。青い水着姿の彼女はすっきりして見える。きみはもの思いにふけりながら、あとにつづく。きみはどこからも離れている。街は消えてなくなり、幹線道路はからっぽだ。眼下のビーチは広々として不毛な姿をさらし、波が打ち寄せ、花崗岩の大きなかたまりがごろごろし、砕け波に洗われている。波打ち際を歩く鳥たちのかん高い鳴き声。先に立って下りていくアンをきみは見つめる。なんてかわいいお莫迦さんだろう、ときみは考える。

きみたちは腕を組んで立ち止まり、陽射しを体にしみこませる。とりあえず、いまはなにもかもが清潔で、具合がいい。なべて生命は清潔で新鮮なものだ、アンの生命であっても。きみは話をしたいが、塩気を帯びた静けさのなかで、きみの声はおかしく聞こえる。どのみち、きみの舌はあのとがったフォークのせいで、まだヒリヒリしているのだ。

きみたちは渚を歩き、アンがなにかを拾いあげる。

「フジツボよ」と彼女はいう。「よく水中マスクと銛を身につけて素潜りしてたわよね、古き良き時代に」

「古き良き時代に」きみの脳裡に過去がよみがえる。アンときみ、ふたりでやったさまざまなこと。海岸を旅行したり。釣りをしたり。素潜りしたり。だが、そのときでさえ、彼女にはふつうでないところがあった。ロブスターを平気で殺したり。大喜びでそのはらわたを抜いたり。

「あなたはひどく無鉄砲だったわよね、ロブ。じつをいうと、いまだってそう。こういうフジツボで怪我するかもしれないのに、平気でアワビをとりに潜ったりして。剃刀みたいに鋭いのよ」

「わかってるさ」ときみはいう。

彼女がフジツボを放りだす。それはきみの脱ぎ捨てた靴のそばに落ちる。もどってくるとき、踏まないように、きみは用心深くよけて通る。

「あたしたち、しあわせになれたかもしれないわ」

「そう考えるのはすてきだね」

「あなたが気を変えてくれればいいのに」

「もう遅いよ」

彼女はため息をつく。

波が岸辺に打ち寄せる。

きみはアンとふたりきりでいることを恐れていない。彼女はきみになにもできない。彼女ならあしらえる。その点には自信がある。そう、今日はなにごとも起きない、気楽でのんきな一日になるだろう。きみには油断がない。不測の事態にそなえている。

きみは日溜まりに横たわる。陽射しがきみの骨をつらぬき、体の内側の凝りをほぐし、きみは砂の起伏に合わせてこねあげられる。アンがかたわらにいて、陽射しがその鼻の頭を金色に染め、眉間に浮いた細かい汗粒をきらめかせていく。彼女は陽気にとりとめもなくおしゃべりし、きみは彼女にうっとりと見とれている。どうしてこれほど美しくなれるのだろう。そして行く手でとぐろを巻く大蛇のように、きみには見つけられないどこかに隠れているときは、どうしてあれほど卑劣で小さくなれるのだろう。

きみは腹這いになっていて、砂が温かい。陽射しも温かい。

「火傷するわよ」とうとう笑いながら彼女がいう。

「したっていいさ」ときみは答える。きみは自分がとても抜け目がなく、殺されても死なない気がする。

「ねえ、背中にオイルを塗ってあげましょうか」と彼女がいい、中国風のモザイク模様をあしらった、ピカピカ光るエナメル革のハンドバッグをあける。真っ黄色のオイルがはいった瓶をかかげて見せ、「これをあなたと太陽のあいだにはさんであげる。いいでしょう？」

「いいよ」ときみはいう。とてもいい気分で、だれよりも優《まさ》っている気がする。

彼女は焼き串に刺した豚にかけるようにオイルをきみにかける。瓶がきみの上にかざされ、黄色くきらめく液体がすーっと垂れてきて、きみの背骨の小さなくぼみにひんやりとあたる。彼女の手がオイルを広げ、背中全体に擦りこんでいく。きみは満足げに喉を鳴らし、目を閉じて横たわり、閉じたまぶたの裏で小さな青と黄色の泡が躍るのを見まもる。いっぽう彼女はオイルをさらに注ぎつづけ、笑いながら擦りこんでいく。

「もうひんやりしてきた」ときみはいう。

彼女は一分ほど擦りこむのをつづけてから、手を止め、きみの隣にそっと腰をおろす。長い時間が過ぎ、きみは動く気がしなくて、砂のオーヴンにこんがり焼かれながら、長々と横たわっている。ふと気がつくと、陽射しがそれほど暑くなくなっている。

「あなたはくすぐったがり屋？」ときみの背中のうしろでアンが訊く。

「いいや」と口の両端を吊りあげてきみは答える。

「きれいな背中をしてるわね。くすぐってみたいわ」

「くすぐってごらん」

「ここ、くすぐったい？」

背中に遠くぼんやりと動きを感じる。

「いいや」ときみは答える。

「ここは？」

なにも感じない。「さわってもないじゃないか」

「前に本で読んだことがあるの」と彼女がいう。「それによると、背中の感覚部位はあまり発達していないから、たいていの人はどこをさわられてるか、正確にはわからないんだそうよ」

「たわごとだよ」ときみ。「さわってごらん。さあ。あてて見せるから」

背中を三度、長くなぞられるのを感じる。

「どう？」

「右の肩胛骨から五インチ下のところまでくすぐったね。左の肩胛骨から下へも同じように。それから背骨をなぞった。そうだろう」

「あたり。やめたわ。張りあいがないもの。煙草がほしい。あら、切らしてるわ。車まで走っていって、とってきてもいい？」

「ぼくが行くよ」

「気を遣わなくていいわ」彼女は砂浜を遠ざかっていく。きみは立ちのぼる陽炎ごしに、走っていく彼女を眠たげな目で見送る。彼女がハンドバッグとオイルの瓶を持っていったのが、なんだか腑に落ちない。女ってやつは。でも、それにもかかわらず、走っている彼女は美しいと気づかないわけにはいかない。彼女は木製の階段を登り、ふり向いて、手をふり、にっこりする。きみは笑顔を返し、手をちょっとだけ動かして、ものうげにあいさつする。「暑い？」と彼女が叫ぶ。

「汗だくだよ」きみはものうげに叫びかえす。

汗が体を這っているのを感じる。熱気はいまきみのなかにあり、風呂にはいるように、きみはそのなかへ沈みこむ。汗が奔流となって背中を流れ落ちているのを、遠くかすかに感じる。ちょうど蟻が背中を這っているように。汗を流してしまえ、ときみは思う。ありったけの汗を流してしまえ。汗が肋《あばら》を、下腹部をだらだらと伝い落ち、くすぐったい。きみは笑いだす。まいったな、なんて汗だ。こんなふうに汗をかくのは生まれてはじめてだ。アンがきみに塗ったオイルの匂いが、暑い空気に甘くたちこめている。眠い、眠りこみそうだ。

きみはギクリとする。頭がぐいっと上を向く。

崖の上で、車のエンジンがかかり、ギアがはいり、いま、きみの視線の先で、アンがきみに手をふり、車が陽射しをきらっとはね返し、向きを変えて、幹線道路を走り去る。

そのまま消えてしまう。

「性悪の魔女め！」きみはいらだたしげに叫ぶ。起きあがろうとする。

起きあがれない。陽射しを浴びて弱ってしまった。頭がふらふらする。ちくしょう。汗をかきすぎた。

汗を。

暑い空気に新しい臭いがする。磯の香りのように、なじみ深く、永久不変なもの。熱く、甘ったるく、胸の悪くなるような臭い。きみや、きみの同類にとってはこの上なく恐ろしい臭い。きみは悲鳴をあげ、よろよろと立ちあがる。

きみは外套をまとっている、真紅の外套を。それはきみの腿にまとわりついていて、みるみるうちに股間を包み、脚と足首まで広がっていく。赤い。色見本でいちばん赤い赤。見たことのないほど純粋で、美しく、恐ろしい赤が、きみの体じゅうに広がり、のびていき、脈打っている。

きみは背中をわしづかみにする。口から意味のない言葉が漏れる。手に触れたのは、肩胛骨の下の肉を切り裂いてのびる三本の長い傷！

汗だって！　汗をかいているのだとばかり思っていた。あれは血だったのだ！　きみは汗をかいているつもりで横になり、笑い声をあげ、楽しんでいたのだ！

きみはなにも感じない。指が不器用に弱々しくひっかく。背中はなにも感じない。麻痺しているのだ。

(ねえ、背中にオイルを塗ってあげましょうか)と、はるか彼方、チラチラ光る悪夢のような記憶のなかでアンがいう。(火傷するわよ)

波が岸辺に打ち寄せる。記憶のなかで、ひと筋の黄色い液体がすーっと垂れてきて、背中にあたるのが見える。アンの美しい指先から垂れてくる。彼女がそれを擦りこむのを感じる。

麻薬の溶液だ。ノヴォカインかコカインかなにかを、黄色い液体に溶かしたもの。それはしばらくきみの背中にへばりついたあと、神経という神経を麻痺させた。アンが麻薬に精通していないわけがない。

汗、汗、美しいアン。

（あなたはくすぐったがり屋？）きみの心のなかで、アンがふたたびたずねる。吐き気がこみあげる。そして血の赤に染まったゆらぐ心のなかに、きみの返事がこだまする——（いいや。くすぐってごらん。くすぐってごらん。くすぐってごらん……くすぐってごらん、アン・J・アンソニー、かわいい女。くすぐってごらん）

すてきな鋭いフジツボの殻で。

きみはアワビをとりに沖で潜っていた。そして岩場で背中をこすった。剃刀のように鋭いフジツボでざっくりと切ってしまったのだ。そう、そういうことだ。素潜り。事故。じつにみごとな筋書きだ。

やさしくてきれいなアン。

（それとも、爪を砥石で研いできたのかい、愛しい人？）

太陽が頭のなかで爆発する。足もとで砂が溶けはじめている。きみはボタンを探し、この赤い服を剝ぎとろうとする。むやみやたらに手探りして、ボタンを見つけようとする。ボタンはない。服を脱げない。なんてまぬけなんだ、ときみは思う。まぬけもいいところだ。（こんな長くて赤いウールの下着姿を見られるのは、なんてまぬけなんだろ

う。まぬけもいいところだ）

どこかにジッパーがあるにちがいない。あの三本の長い傷は、ジッパーで締められるはずだ。そうすれば、あのヌルヌルする赤いものは、体から流れだきなくなるだろう。

きみ、不死身の男の体から。

傷はそれほど深くない。医者へ行ければ。錠剤を服用できれば。

（錠剤があった！）

きみは上着に倒れこみ、ポケットをつぎつぎと探っていく。裏返しにし、裏地を引き裂き、泣き叫び、背後では列車が轟音をあげながら通過するように、四つの波が岸辺に打ち寄せる。そしてきみは、どれか見落としたのではないかと思って、からっぽのポケットをひとつずつあらため直す。しかし、あるのは糸くず、マッチ箱ひとつ、劇場の半券が二枚だけ。きみは上着をとり落とす。

「アン、もどってこい！」きみは叫ぶ。「もどってこい！　街まで、医者まで三十マイルもあるんだ。歩けるわけがない。時間がないんだ」

崖のふもとできみは見あげる。百十四段。崖は切り立ち、陽射しを浴びてギラギラ光っている。

階段を登るしかない。

街まで三十マイルか、ときみは考える。いいだろう、三十マイルがなんだっていうんだ？

散歩には絶好の日和じゃないか。

猫のパジャマ

The Cat's Pajamas

2003

カリフォルニアの九号線、ミルパスあたりで車を走らせていて、中央車線で猫が見つかるのは、毎晩あることではない。

それをいうなら、こういう猫が往来の絶えた道路で見つかること自体が、毎晩あることではない。どんな猫かというと、ひとことでいって、捨てられた仔猫だ。にもかかわらず、小さな生きものはそこにいて、身づくろいに余念がなかった。そのとき、ふたつのことが起きた――

猛スピードで東へ向かっていた車が、急ブレーキをかけた。

同時に、もっとスピードを出して西へ向かっていたコンヴァーティブルが、タイアをパンクさせそうになりながら急停止した。

両方の車のドアが、バタンと音をそろえて大きくあいた。

小さなけものが悠然としているなか、右の車線でハイヒールがカツカツと鳴り、左の車線でゴルフ・シューズがドタドタと音をたてた。

身づくろいしている生きものの上で鉢合わせしそうになりながら、ハンサムな若い男と、それに輪をかけてハンサムな若い女が、身をかがめて、手をのばした。

両方の手が同時に猫にさわった。

それは温かくて丸々としたビロードの黒いボールで、頬髯のわきにまん丸な大きな黄色い目がふたつあり、小さなピンクの舌がのぞいていた。

猫が遅ればせながら驚いた顔をしたのは、両方のドライヴァーが、猫の体にかかった自分たちの手をまじまじと見たときだった。

「あら、だめよ!」と若い女が叫んだ。

「あら、だめよって、なにが?」と若い男。

「あたしの猫を放して!」

「いつからきみの猫になったんだ?」

「あたしのほうが早かったわ」

「同時だったよ」

「ちがうわ」

「ちがわない」

男は背中をひっぱり、女は胸をひっぱった。すると猫がいきなりミャアと鳴いた。

ふたりとも手を離した。

つぎの瞬間、美しい生きものをつかみ直した。こんどは若い女が背中をつかみ、若い男が胸をつかんだ。

ふたりは長いこと見つめあい、なにをいおうかと思案した。

「あたしは猫好きなの」男の視線を受けとめられずに、とうとう女がいった。

「ぼくだってそうさ」と男が叫ぶ。

「大声をあげないで」

「だれも聞いてないさ」

ふたりは道路の上下に目をやった。往来は絶えていた。

女は猫に向かって目をしばたたかせた。まるでなにかの啓示を見いだそうとするかのように。

「あたしの猫は死んじゃったの」

「ぼくの猫もだ」と男がいい返す。

猫をつかむふたりの手の力がゆるんだ。

「いつ?」と女が訊いた。

「月曜」と男が答えた。

「先週の金曜」と女。

ふたりは小さな生きものをつかむ手の位置をずらし、触れるだけにした。

気まずい沈黙の瞬間があった。

「弱ったな」とうとう男がいった。

「ええ、弱ったわね」

「ごめん」と、すまなそうに男。

「こちらこそ」

「これからどうしよう？　いつまでもここに立ってるわけにはいかない」

「そうらしいわね。ふたりとも遊んでいる暇はないんだから」

これといった理由もなく、男がいった。「ぼくは〈キャット・ファンシー〉に記事を書いたよ」

男を見る女の目が変わった。

「あたしはケノーシャでキャット・ショーを仕切ったわ」

ふたりは、新たな沈黙にもじもじしながら立っていた。

一台の車が、轟音をあげてふたりの横をかすめていった。ふたりはパッと飛びのき、車が見えなくなると、ふたりともすばらしい生きものを離さなかったことに気づいた。怪我をしないように運んでいたのだ。

男は道路の先のほうに目をこらし、「あそこに食堂がある、明かりが見えるから。コーヒーでも飲みながら、将来について話しあうってのはどう？」

「あたしの猫抜きじゃ、将来なんてないわ」

「ぼくの将来だってそうさ。行こう。ついてきて」

男は女の手から仔猫をとりあげた。

女が悲鳴をあげ、手をのばした。

「心配ない」と男がいった。「ついてきて」

女はその場を離れ、車に乗りこむと、男の車についていった。


ふたりはがらがらの食堂にはいり、ボックス席に向かいあってすわると、テーブルの上に仔猫を置いた。

ウェイトレスがふたりと猫をちらっと見て、すたすたと歩いていくと、ミルクをなみなみとたたえた皿を手にもどってきた。満面の笑みで皿をテーブルの上に置く。ここにも猫好きがいるのだ、とふたりは悟った。

猫がピチャピチャとミルクをなめはじめたとき、ウェイトレスがコーヒーを運んできた。

「さて、こういうわけだ」と青年がいった。「いつまでつづけるんだい？　ひと晩じゅう話をするのかな？」

ウェイトレスはまだふたりの前に立っていた。

「そろそろ閉店なんですけど」

衝動的に青年がいった。「ぼくらを見て」

ウェイトレスは見た。

「この仔猫をぼくらのどっちかにあずけるとしたら、どっちにあずける？」

ウェイトレスは若い女と若い男をしげしげと見て、「わたしがソロモン王でなくてよかった」といった。伝票に記入して、それを置き、「ほら、聖書を読む人間はいまでもいるのよ」

「こみいった話ができそうな場所がほかにあるかな?」と若い男が訊く。

ウェイトレスは窓の外を顎で示し、「その先にホテルがあるわ。ペット持ちこみ可」

それを聞いて、若いふたりは椅子から飛びあがりそうになった。

十分後、ふたりはホテルにはいった。

あたりにちらっと目をやると、バーはすでに暗かった。

「こんなの莫迦げてるわ」と女がいった。「あたしの猫の飼い主を決めるのに、こんなところまで来るなんて」

「まだきみの猫じゃない」

「時間の問題よ」女はそういうと、フロント・デスクに視線を走らせた。

「こうしよう」男が猫をかかげた。「この仔猫がきみのお守りだ。きみとぼくのあいだに立ちふさがってくれる」

男は仔猫をフロント・デスクまで連れていった。係の男がじろりと見て、宿帳の上にキーを置き、ふたりにペンをわたした。

五分後、ふたりの目の前で、仔猫はつづき部屋のバスルームへうれしそうに駆けこんだ。

「エレヴェーターに乗ったとき」と男がしみじみといった。「お天気の話をせずに、お気に入りの猫の話をしたことはあるかい？　最上階に着いたときには、乗りあわせた人たちから誉められたり、怒られたりするんだ」

そのとき仔猫が部屋に走ってもどってきた。

仔猫はベッドに飛び乗り、ベッドの中央に置かれた枕のまんなかに身を落ち着けた。これを目にして、若い男がいった。「ぼくがいおうとしてたのが、まさにこれなんだ。話をするうちに休みが必要になったら、猫をベッドのまんなかから動かさず、ぼくらは服を着たまま左右に分かれて横になり、話しあいをつづければいい。猫がどちらかへ寄って、将来の飼い主を選んだら、その人が猫を飼う。これでいいね？」

「なにかたくらんでるんでしょう」

「とんでもない。猫がどっちかへ寄ったら、その人が飼い主になるんだ」

枕の上の猫はうつらうつらしていた。

若い男はなにかいうことを思いつこうとした。うとうとしている猫を除けば、広々としたベッドはからっぽだったからだ。ひょいと頭に浮かんだことがあり、ベッドをはさんだ向こう側の若い女に声をかける。

「きみの名前は？」

「なんですって？」

「ええと、ぼくの猫のことで朝まで話しあうつもりなら――」

「朝までですって、莫迦ばかしい！　せいぜい真夜中よ。それに、あたしの猫ですから。キャサリン」

「なんだって？」

「莫迦ね、あたしの名前よ、キャサリン」

「ニックネームはいわなくていいよ」男は笑いだすところだった（キャサリンはキャットと略されることが多い）。

「いわないわ。あなたの名前は？」

「信じてもらえそうもないな。トムだ」男はかぶりをふった。

「その名前の猫なら何十匹も知ってるわ」

「名前で生きてるわけじゃないから」

男は湯加減を見るかのようにベッドの具合を試して、相手の出方をうかがった。

「立っていたければ立っていればいい。でも、ぼくは――」

男はベッドの上でごろりと横になった。

仔猫は寝息をたてつづけた。

目をつむって男がいった。「どうする？」

女は腰をおろし、それからベッドの端っこで横になった。いまにも落っこちそうだ。

「そのほうがいい。どこまで話したっけ？」

「どっちがエレクトラを連れ帰るのにふさわしいか証明するところまで」

「もう猫に名前をつけたのかい？」

「あたりさわりのない名前よ、性別じゃなく、個性に基づいてるの」

「じゃあ、性別をたしかめたんじゃないんだ」

「たしかめる気はないわ。エレクトラ。先へ進みましょう」

「ぼくが飼い主にふさわしい理由かい？　そうだな」男はまぶたの裏の空間をくまなく探した。

しばらく天井を見つめていたが、やがてこういった。「ええと、猫といえばおかしな話があるんだ。子供のころ、祖父母にいわれて、ぼくと兄弟たちでひと腹の仔猫を溺れさせることになった。ぼくらは出かけていき、兄弟はいいつけにしたがった。でも、ぼくは耐えられなくて、逃げだした」

長い沈黙がおりた。

女は天井を見つめ、「逃げてくれてよかった」といった。

またしても沈黙がおり、やがて男がいった。「それに輪をかけて変な話だけど、もっといいことが何年か前に起きた。サンタモニカのペットショップへ猫を探しにいったんだ。二十四か三十四、ありとあらゆる種類の猫がいたにちがいない。あたりを見まわしていたら、売り子の女性が一匹の猫を指さして、『この猫はほんとうに助けを必要としているんです』といった。

その猫に目をやると、洗濯機に放りこまれて、ぐるぐるまわされたみたいな姿だった。『なにがあったんです？』と訊くと、『この猫は飼い主に虐待されたんです。だから、人間を恐れているんです』っていうじゃないか。

ぼくは猫の目をのぞきこんでから、こういった。『この猫を連れて帰ります』そういうわけで猫を抱きあげたら、彼はすくみあがった。ぼくは連れて帰り、うちのなかに放した。そうしたら彼は階段を駆けおりて、地下室から出てこようとしなかった。地下室へ降りて、食べものとミルクを置いてくることを一か月以上つづけたら、ようやくすこしずつおびき出せるようになった。それから彼はぼくの親友になった。

ふたつの話にはたいへんなちがいがあるだろう？」

「すてき」と女。「そのとおりね」

部屋はいま暗く、ひっそりとしていた。仔猫はふたりのあいだの枕の上に横たわり、ふたりとも猫がどうしているか見ようと目を向けていた。

猫はすやすやと眠っていた。

ふたりは横になったまま天井を見つめた。

「話さなくちゃいけないことがあるの」と、しばらくして女がいった。「いわずにおいたことが。だって、特別抗弁（相手側の申し立てに対して否定するものではなく、新事実を提出して抗弁するもの）みたいに聞こえるから」

「特別抗弁というと？」

「ええと、いまこの瞬間、一週間前に死んだあたしの小さな猫のために布を切って、縫って作ったものが家にあるの」

「どんなものがあるんだい？」

「その」と女がいった。「猫のパジャマよ」

「なんてこった！」男は声を漏らした。「負けたよ。この小さなけものはきみのものだ」

「あら、だめよ！」女が叫んだ。「そんなのフェアじゃないわ」

「猫にぴったり合うパジャマを作る人は、だれであろうと、コンテストの勝者にふさわしい。こいつはきみのものだ」

「そんなのだめよ」

「喜んで進呈するよ」

ふたりは長いこと無言で横になっていた。とうとう女がいった。「ねえ、あなたって半分も悪くないわ」

「半分も悪くないって、なにとくらべて？」

「初対面のとき思ったことにくらべて」

「あの音はなんだろう？」

「あたしが泣いている声だと思うわ」

「しばらく眠ろう」とうとう男がいった。

月が天井へ降りてきた。

陽が昇った。

男はほほえみながらベッドの片側に寝ていた。

女はほほえみながらベッドの反対側に寝ていた。

仔猫はふたりのあいだの枕の上で寝ていた。

とうとう、陽光が窓に射しこむのを眺めながら、女がいった。「夜中に猫がどっちかへ寄って、どっちが飼い主になるか決まった?」

「いいや」と男がにっこりしながらいった。「猫は寄らなかった。でも、きみは寄ったよ」

三角関係

Triangle

1951

ドレスを三着試してみたが、どれも彼女には合わなかった。その瞬間は、だれかほかの人のものだった。興奮のあまり肌の色が変わっていたので、服と合わなくなっていたのだ。気が高ぶって、ほっそりした体がふくらみすぎ、どこもかしこもコルセットで締めあげているように思える。やがて白粉《おしろい》が雪のように床へこぼれ、唇は上下逆さまの形に紅を塗られ、まるで幽霊を見たかのように、彼女は鏡に向かって目をしばたたいた。

「おやおや、リディア」ヘレンが戸口に立った。「あの人はただの男なのよ」

「あの人はジョン・ラーセンよ」とリディア。

「ますます悪いわ。髪形は頭と合ってないし、腕は長すぎるし、唇は薄すぎるし、目はリスの目みたい。おまけにお腹が出てるわ」

リディアは泣いていた。鏡に映った涙を見つめながら。

「ごめんなさい」とヘレンがいった。「でも、あの人はまぬけだわ」

「ヘレン!」

「あなたはわたしのかわいい妹。だからいうのよ」

「きっとあの人は神さまだわ」

「もう泣かないで。あなたが神さまだっていうなら、だれだって神さまよ。身寄りがみんな亡くなったいま、わたしがあなたの母親代わり。あなたにまちがいがあってほしくないの。男のことならそれなりに経験を積んできたから、男は嘘つきで、ろくでなしだってことは身にしみてわかってるの。巡回遊園地《カーニヴァル》から抜けだしてきた——大猿、道化、オルガン弾きなんだわ」

リディアは夏の夢のなかにいた。「あの人は親切で、ハンサムで、善良だと思うわ。通りで帽子をかたむけて、わたしたちに挨拶してくれるもの。いままでうちを訪ねてきたことがあって？　からかう言葉をかけてきたこともないわ。それが今日、藪から棒に電話してきて、一時間ほどうかがって、あなたにお会いしたいっていうじゃない。あんまりうれしくて、わたし、午後じゅう泣きとおしたわ。もうずうっと前から、あの人に電話してほしいと思ってたの。十六のときから、もう二十年も前になるのね、ユナイテッド葉巻販売店の前でずっとあの人を見かけてきて、いつも立ち止まって、こういいたかった、愛してるわ、ジョン、わたしをここから連れだして、わたしのものになって、と。でも、いつもそのまま歩きつづけた。でもね、ここ何年か、あなたとわたしが通りかかると、たまに、あの人の目になにかがあるように思えたの。まるであの人もわたしに気がついているみたいに。でも、あの人はいつもにっこりして、帽子をかたむけて挨拶した」

「男たちはそういう小細工を教えあうものなの。正面は宮殿みたいだけど、裏へまわれば屋外便所と化粧漆喰ばかり。さあ、顔を直して、赤い肌色に合う緑の服を着なさい」

「赤くなるまで泣くつもりじゃなかった」リディアは丸めたハンカチにふきとった古い口に目をやり、「ヘレン、ヘレン、十年前、あなたがジェイミー・ジョゼフズと恋をしたときも、こんなふうだったの?」

「わたしのシーツは毎朝燃えつきて灰になってたわ」

「まあ、ヘレン!」

「でも、やがてあの人が、サーカスで見かける豆隠しの手品を演じていることに気づいたの。あの人は、自分はどの貝殻の下に隠れてるか当ててごらん、なにもかも賭けてね、とわたしにいった。わたしは若かった。だから賭けに応じたの。惜しげもなく自分を捧げれば、あの人の居場所を当てられるほうに賭けたのよ。でも、そのときがきて、三つの貝殻のうちひとつを持ちあげたら、ジェイミーはいなかった。ささやかな手品を演じる場所を通りの先へ移し、スコーキ鉄道に乗って町から出ていったわ。ジェイミーを見つけた女なんているのかしら」

「ああ、やめて、今夜はしあわせになりましょう」

「あなたは、しあわせになることでしあわせになる。わたしは皮肉っぽくなることでしあわせになる。長い目で見れば、どっちがしあわせかしらね」

リディアは新しい口を描きなおし、それをほほえみの形にした。

九月のおだやかな夕べだった。色の褪せかけた古い家のまわりで、楓が最初のけぶった火を燃やしはじめていた。リディアは洞穴のような居間をふらふらと歩きまわった。明かりが消えていて、彼女の顔だけがピンクのランプだった。メロドラマの登場人物のように、彼の姿がはるか彼方に見えた。やがて彼は向きを変え、正面の歩道に積もった落ち葉を踏んだ。彼が口笛で吹く秋の歌が、通りの向こうから聞こえてきた。彼女は挨拶の言葉をあわてておさらいした。すると、だしぬけに言葉が、彼女自身の精神と肉体に宛てて書きはじめられたものの、書きおえられずに丸めて捨てられた一連の手紙となり、彼女の心のまわりに積みあがり、吹き飛ばされた。彼女はまた泣きはじめた。そのため貴重な言葉が逃げていき、ぼやけ、彼女の手と足に下される丁寧な演技指導が、永久に失われかけた。彼女は自分の横っ面をひとつ張って、そうなりかけるのを食い止めた。いま彼はひっそりした家につづく階段を登っていた。と思うと、銀色のドアベルを鳴らし、少々季節はずれの麦わら帽を脱いで、三度咳払いしていた。さながら姿の見えない店員の注意を惹こうとする客だ。彼は小声でつぶやいた。まるで彼のほうも土壇場で自分の台詞をおさらいしているかのように。

「こんばんは！」

あたかも目の前で銃が暴発したかのように、ジョン・ラーセンはドアから飛びのいた。

いきなり口から炸裂した自分の声によろめいたリディアは、戸口で体を揺らすことしかできなかった。やがて外の男がほほえみを見つけだし、それを使った。そのとき、彼女はなんとかドアをあけ、ポーチに踏みだした。

「とても気持ちのいい夜ですわね」と彼女はいった。「ポーチのブランコにすわりましょう」

「いいですね」とジョン・ラーセン。ふたりは暗がりのなか、蔓《つる》のからまる秘密のポーチのブランコに腰をおろし、町の視線から逃れた。彼がリディアの肘をとってブランコに乗るのに手を貸し、彼の触れたところは、煙をあげ、ズキズキ痛み、死ぬまで傷になって残るにちがいない焼き印となった。彼女はめまいに襲われて腰をおろし、世界がグラグラと揺れ動いた。てっきり気分が悪いのだと思ったが、やがてブランコが上下しているのだと判明した。そして男はあいかわらず口をつぐんだまま、手のなかでもじもじと帽子をこねくりまわし、小さな目でサイズ表示のタグを読んだり、ラベルや古い値札を読んだりしていた。帽子は、男の膝の上で籐製家具のような音をたてた。彼は帽子に手をさし入れ、きっかけの言葉を見つけようとしつづけた。やがて途方に暮れ、いまにも立ちあがり、宵闇の奥へ逃げこみそうに見えた。歩道とここのあいだのどこかで、メモをなくしてしまったのだ。

パチパチと音をたてる松明のような顔——肉は血で日焼けし、骨はその火照りでズキズキと痛む——で、息を切らした自分の口が「お目にかかれてうれしいですわ、ミスター・ラーセン」というのをリディアは感じた。

「ああ、ジョンと呼んでください」と彼は答え、ブランコをこいだ。それはいま、動くたびに、悪魔の声でわめきたてていた。

「わたしたちは、いつかあなたが寄ってくれないかと思っておりました」とリディア。それから、いいすぎたのをさとった。

「おや、ほんとうですか?」彼は向きを変え、子供っぽい喜びの表情で彼女を見つめた。そうすると、ああいってよかったのだ。

「ええ、寄ってほしいものだ、としょっちゅういっておりました」

「うれしいなあ」とブランコの端っこで彼がいった。「だって、今夜はとっても大事な件を話しに来たんですから」

「わかります」

「わかりますか? 見当がついてたんですか?」

「ついていたと思います」

「ついでにいうと、ずいぶん前から、あなたたち姉妹のことを知ってました。あなたたちが通りかかるのをさんざん見てきました。でも、勇気が出なくて――」

「家を訪ねてもいいかと訊く勇気ですね」

「そのとおり。今夜まで。で、ようやく今日になって、勇気を奮い起こしたんです。どうしてかわかりますか? 今日はぼくの三十四歳の誕生日なんです。で、自分にいったんですよ、ジョン・ラーセン、おまえは年をとりはじめてる。おまえは地方巡回セールスマンを長くやりすぎた。たくさん旅をしすぎた。放蕩生活はおしまいだ。そろそろ落ち着くころあいだぞ。それなら、生まれ故郷グリーン・タウンより落ち着くのにいい場所があるか。おまけにそこにはある女性がいる、ほんとうにきれいな人が。彼女はおまえを見たことないかもしれんが——」

「でも、彼女は見ていました——」と遠まわしにリディア。

彼は愕然とし、うれしそうな顔をした。「そうとは夢にも思わなかった！」

彼はブランコに乗ったままのけぞって、白い歯を見せた。「とにかく、自分にいったんです、おまえは訪ねていくべきだ。おまえの存在を知らせろ。思いのたけを吐きだすんだ、ってね。ぼくにはその勇気がありませんでした。だって、あんまりきれいで、遠く離れていて、さわっちゃいけない女性ってのがいるもんなんです、正しい種類の女性ってものが。それにぼくは臆病なんです。ほんとうにそうなんです、女性に関しては。正しい女性に関しては。それなら、どうすりゃいいと思います？　まずあなたに会いにきて、話をし、計画を練って、力を貸してもらえるかどうか、たしかめなくちゃならなかったんですよ」

「まずですって？」とリディア。「力を貸す？　計画を練る？」

「ああ、あなたのお姉さんはホントにきれいだ」とジョン・ラーセン。「背が高くて、威厳が色が白くて。白百合みたいな人だ。茎が長い種類のね。すごく堂々としていて、威厳があって、美しい。長年あの人が通りかかるのを見てきて、あの人に恋してきた。さっきいったように、十年もあの人が通りかかるのを見てきたけど、怖くてなにもいえなかった」

「なんですって?」彼女の顔で松明がちらついて、消えた。

「そうすると、あの人もぼくのことを好きなんですか?　この十年が無駄だったわけか。もっと早く来りゃあよかった。力を貸してもらえますか?　あの人に伝えてもらえますか、あいだをとりもってもらえますか?　そのうちあの人に会いにいけるようにしてもらえますか?」

「あなたは姉さんに恋しているのね」べつに訊いているわけではなかった。

「心の底から」

彼女は冬の朝のストーヴのような気分だった。灰はすっかり白くなり、すべての薪《まき》が冷えきって、霜の降りたストーヴ。

「どうしたんです?」と彼がたずねた。

彼女が上体を起こすと、世界が揺れた。こんどはほんとうに気分が悪かった。世界が浮き沈みした。

「なにかいってください」と、すがるような声で彼がいった。

「あなたは姉さんを愛しているのね」

「おっしゃるとおりです」

「愛してるわ」

「なんですって？」

「愛してるわ」

「ちょっと待って」

「聞こえなかったの？」

「わからない」

「わたしもよ」彼女はそういって、背すじをのばした。いまや震えは止まり、寒気が目から出かかっていた。

「泣いてるんだね」

「こんなの莫迦げてるわ。あなたはわたしのことを、姉さんがあなたのことを考えるのと同じように考えてるんだわ」

「ああ、そんなはずない」と彼が抗議する。

「いいえ、そうなのよ」と涙を手でぬぐわずに彼女がいった。

「そんなことあるわけない」彼は叫びだしそうだった。

「あるの」

「でも、ぼくはあの人を愛してる」

「でも、わたしはあなたを愛してる」と彼女は答えた。

「あの人のなかに、ぼくを愛する気持ちが小さな火花くらいはあると思いませんか？」

と彼は知りたがり、ポーチの空中に手をのばした。

「あなた自身のなかに、わたしを愛する気持ちが小さな火花くらいはあるかもしれないと思いませんか？」

「ぼくにできることが、なにかあるにちがいない」

「わたしたちにできることは、なにもないわ。みんなまちがった相手に恋して、みんなまちがった相手を憎むのよ」彼女は笑いはじめた。

「笑わないで」

「笑ってるわけじゃないわ」彼女は首をのけぞらせた。

「やめてくれ！」

「やめません」彼女は大声で笑い、その目は濡れていた。彼はリディアをゆさぶっていた。

「やめてくれ！」彼はいまや立ちあがっていて、リディアの顔に向かって怒鳴った。「なかへはいって、お姉さんに出てくるよういってくれ。ぼくが会いたがってるといってくれ！」

「自分でいいなさい、自分でいいに行きなさい」

笑い声はつづいた。

彼は帽子をかぶり、うろたえてそこに立ちつくし、ブランコ――まるで冷えた鉄のかたまり――をヒステリックにこぐ彼女に目をやり、家に目をやった。「やめないか！」

彼は叫んだ。

彼がふたたびリディアをゆさぶりはじめたとき、声がした。「やめなさい！」

彼はふり返った。すると、玄関ポーチの網戸の裏、ひんやりした暗がりにヘレンがいた。ただの青白い、ぼんやりした白亜の輪郭となって。「その子から離れて、その子にさわらないで。手を離しなさい、ミスター・ラーセン」

「でも、ヘレン！」彼は抗議し、網戸へ駆けよった。ドアには鉤錠がかかっており、彼女は手を突きだした。まるで網戸をたたいて、去りゆく夏の最後の蝿を落とそうとするかのように。

「ポーチから下りてくださらない」とヘレンがいった。

「ヘレン、なかへ入れてくれ！」

(ジョン、もどってきて！) とリディアは思った。

「十数えるまで待つから、帽子をかぶって走りだしなさい」

彼は暗いポーチの上、ふたりの冷たい淑女のあいだに立っていた。夏と秋は、いま両方とも去っていた。目に見えない雪が彼の肩に降りつもり、一陣の風が家の内部から吹いてきた。

「どうしてこんなことになったんだ?」彼はのろのろと一周して、ふたりを順番に見た。どういうわけか、ヘレンには、彼が岸辺にいる男で、自分を乗せた船――つまり家――が秋の海へ乗りだしていくところ、手をふって別れを告げる者はないものの、だれもが永久に離ればなれになるところのように思えた。彼がハンサムなのか、莫迦げているのか、よくわからない。大きな警笛が鳴っており、船は速度をあげて遠ざかり、彼を芝生の上に置き去りにする。彼は帽子を拾い、まるでこの先の一生を見るかのように、そのなかをのぞきこむ。帽子のサイズはとても小さく、値札の数字はたしかに小さい。彼の手が震える。彼はショックで酔っている。足もとがふらつく。その目が青ざめた顔のなかできょろきょろする。

「お休みなさい、ミスター・ラーセン」と暗がりに隠れたヘレンがいった。

リディアはいま、息をひそめ、黙りこくってブランコをこいでいた。笑いもせず、泣きもせず、ただ片側で暗い世界が星々のなかへ迫《せ》りあがり、反対側で白い月が迫りあがるにまかせ、腕をわきにつけ、ただ体が弧を描くにまかせていた。自分で巻き起こす風にさらされ、顔の涙が乾いていく。

「さよなら」ミスター・ラーセンはよろよろと階段を下り、芝生の途中まで行った。そこに一瞬すわりこんだ。まるで溺れているかのように、両手を空中にさしあげて。それから立ちあがり、通りを走っていった。

彼が行ってしまうと、ヘレンは網戸をあけ、ゆっくりと出てきて、ブランコにすわった。

ふたりはそうやって、十分ほど無言でブランコを揺らしていた。やがてヘレンがいった。「あなたがあの人を愛さなくなるような方法はないんでしょうね」

ふたりは夜のなかでブランコを揺らした。

「ないわ」一分後、リディアがいった。「姉さんがあの人を愛するようになる方法はないものかしら」

ヘレンは首をふった。

つぎにふたりの頭に浮かんだ考えは同じものだった。ひとりがいいはじめ、もうひとりがいい終えた。

「なにかないものかしら――」

「――あの人があなたを愛さなくなる方法が、ヘレン」

「――そして代わりにあなたを愛する方法が、リディア」

ふたりは葡萄の蔓を這わせた夜闇のなかでブランコをこぎ、ブランコが四往復したあと、「ないわ」

「わたしたちが見える」とヘレンがいった。「あらまあ。いまから二十年、三十年先の話よ。ある晩、あなたとわたしが繁華街へ散歩に出かけるの。ふたりきりで、おしゃべりしながら、大通りを歩いていく。そうすると、あの人がいるの。ジョン・ラーセンが、ひとりぼっちで、葉巻販売店の明かりの下、葉巻の包装紙をはがしているのよ。それでわたしたちが足どりをゆるめると、あの人の目にわたしたちが映って、あの人は葉巻に火をつけるのをやめる。それでわたしは、いまあの人を見る目つきであの人を見る。そしてあなたは、いまあの人を見る目つきであの人を見る。そうするとあの人は、そうとしかあなたを見られない目つきであなたを見る。そして今夜わたしを見たまぬけな目つきでわたしを見る。それからわたしたちはそこにたたずんで、あなたとわたしはうなずくの。するとあの人は片手を突きだし、帽子をかたむけて挨拶する。すると、あの人は禿げてるの。わたしたちのほうもそろって白髪頭。そしてわたしたちは歩きつづける。腕を組んで。そして買い物をして、夜の町を歩きまわる。そして二時間後、家路につくと、その途中、あの人はまだひとりぼっちで立っていて、虚空を見つめているのよ」

ふたりは意地悪な気持ちが消えるのにまかせた。

ふたりは身動きせずにすわったまま、つぎの三十年のことを考えていた。

マフィオーソ・セメント・ミキサー

The Mafioso Cement-Mixing Machine

2003

バーナム・ウッドのあとについて、彼のすばらしいガレージにはいった。彼——本名はわからずじまいだった——はそこを作業場兼書庫に改造していた。棚の上には豪華な革装、金箔押しのF・スコット・フィッツジェラルド全集が並んでいた。

この途方もないコレクション、彼の企てている文学的実験の一部を調べるとき、わたしの手はむずむずした。

バーナム・ウッドがその驚くべき書庫から向きなおり、ウインクすると、広大なガレージの突きあたりを指さした。

「ほら！」と彼はいった。「わが皮肉な機械だよ。変わった名前がついている。なんだと思う？」

これといった感情をこめずに、わたしはいった。「見かけは、十秒ごとに軸をまわして、セメントをかきまわしながら進み、新しい道を敷いていく例のトラックみたいだな」

「そのとおり《トウシエ》！」とバーナム・ウッド。「わがマフィオーソ（マフィアの構成員のこと）・セメント・ミキサーだ。まわりを見てご覧。あの機械とこの書庫のあいだには関係がある」

　わたしはちらっと本に目をやったが、関係は見つからなかった。バーナム・ウッドが機械の側面を軽くたたいた。それは巨大な灰色象のように、ゴロゴロいっていた。マフィオーソ・マシンがブルッと震え、停止した。

「ある寂しい夜」とバーナム・ウッドはいった。「セメント・ミキサーに猛スピードで追いぬかれたとき、ふと思ったんだ。いまのは行方不明になったイタリア人ギャングのために、コンクリートのブーツを作りに行く途中なんだろうか、ってね。一笑に付したけれど、その考えが頭から離れなくなり、何か月かあと、真夜中に目をさました。この莫迦でかい怪物を書庫に据えつけ、このセメント象に時をさかのぼらせる方法を見つけなくては、と思ったんだ」

　わたしは巨大な灰色のけもののまわりを半周した。そのあいだ機械は、のたうちまわり、ささやき、回転しながら、旅のはじまりをいまかいまかと待っていた。

「マフィオーソ・セメント・ミキサーだって？」とわたし。「説明してくれ」

　バーナム・ウッドは、棚に並んだF・スコット・フィッツジェラルドの本にさわり、そのうちの一冊をわたしの手の上に置いた。

　わたしは本を開いた。「『ラスト・タイクーン』、F・スコット・フィッツジェラルド著。遺作。未完のまま彼は亡くなった」

「それじゃあ」とバーナム・ウッドが巨大な機械をなで、「なかにはいっているものを教えよう。五十年前までさかのぼるすべての秒、分、時間、日、週、月、年だよ。その時間と日を走らせて、スコッティがこの小説を完成させる時間を余分に持てるようにしてやるんだ。この本は彼の最高傑作になるはずだった。でも、べろんべろんに酔っ払ったとき、深夜にかける半分割れたレコードになってしまった」

「それで、いったいどうすればそんなことができるんだ?」

バーナム・ウッドは一枚のリストをとりだした。「目を通してくれ。わが機械が訪ね、仕事をする目的地がそれだ」

わたしはリストをしげしげと見て、読みはじめた。

「B・P・シュールバーグ、パラマウント、これでいいのか?」

「いいんだ」

「アーヴィン・サルバーグ、MGM? ダリル・ザナック、フォックス?」

「そのとおり」

「この人たち全部を訪ねるのか?」

「そうだ」

「ここに載っているのは、いろいろな映画会社の監督、プロデューサー、フィッツジェラルドと知りあいだった尻軽女、いたるところのバーテンダーだ。彼らを相手になにをするんだ?」

「彼らを動かし、袖の下をつかませる、あるいは、必要とあらば、ぶちのめす方法を見つけるのさ」

「アーヴィン・サルバーグについてはどうするんだ? 彼は一九三六年に亡くなったんじゃないのか?」

「もうすこし長生きしていたら、スコッティにいい影響をあたえていたかもしれん」

「死人をいったいどうするんだ?」

「サルバーグが亡くなったとき、世界にスルファニルアミド(化膿性疾患の特効薬)はなかった。彼が亡くなる前の週、病室に忍びこんで、薬を投与したいんだ。そうすれば彼は治って、あと一年はＭＧＭへ復帰できるかもしれん。彼がスコッティを雇って、連中があたえたものよりましなものを書かせるかもしれん」

「なかなかのリストだよ」とわたし。「きみの口ぶりだと、この人たちをチーズのひと切れみたいに動かせそうだ」

バーナム・ウッドは百ドル札の束を見せ、「これをばらまく。その山のなかには、その気になって動くやつもいるかもしれん。そばへ寄って。耳をすましてくれ」

わたしはゴロゴロいう巨大な機械のそばへ寄った。内部から、遠い叫び声と砲声が聞こえてきた。

「革命が起きてるみたいな音だ」とわたし。

「バスティーユだ」とバーナム・ウッド。

「なぜそんなものがはいってるんだ？」

「『マリー・アントワネットの生涯』、MGM――フィッツジェラルドが脚本を書いた」

「なんてこった、そのとおりだ。なぜ彼はそんなものを書こうとしたんだ？」

「彼は映画を愛していた。でも、金のほうをもっともっと愛していた。もういちど耳をすまして」

こんどは砲声がもっと大きく、砲撃がやむと、わたしはいった。「『三人の仲間』MGMドイツ、一九三八年」

バーナム・ウッドがうなずいた。

さざ波のような、たくさんの女の笑い声。それがやむと、わたしはいった。「『女たち』、ノーマ・シアラー、ロザリンド・ラッセル、MGM、一九三九年」

バーナム・ウッドはまたうなずいた。

さらに笑い声があがり、音楽が炸裂した。わたしは古い映画本で憶えた名前をあげた。「『蜃気楼の女』、ジョーン・クロフォード。『キューリー夫人』、グリア・ガースン、脚本はハクスリーとF・スコット・フィッツジェラルド。なんてこった。どうして彼はわざわざこんなものを書いたんだ。それにどうしてこの音が、きみの機械のなかにはいっているんだ？」

「ぼくはそれらをずたずたにしている、台本を破り捨てている。いっさいがミキサーのなかに詰めこまれている。『リッツ・ホテルのように大きなダイアモンド』、『楽園のこちら側』、『夜はやさし』。彼の小説も全部はいっているんだ。例のガラクタを本物の佳作と混ぜあわせれば、新しい未来を築く新しい道を、過去のどこかに敷くチャンスができるはずだ」

わたしはリストを読みなおした。「ここに載っているのは、ある年代のプロデューサーと監督と同僚作家たちの名前だ。ＭＧＭに何人か、パラマウントに二、三人、ニューヨーク市にもうすこし。遅くて一九三九年の夏まで。要点はなんだ？」

バーナム・ウッドにちらっと目をやると、彼は期待に打ち震え、機械に視線を走らせていた。

「ぼくはこの隠喩的なセメント・ミキサーで時をさかのぼり、そのまぬけどもに靴をはかせてやって、連中をどこか永遠の海へ輸送し、そこへ落っことしてやるんだ。スコッティのために道をあけて、彼に時間という贈り物をあたえるのさ。そうすれば、運がよければ、『ラスト・タイクーン』はついに書きあげられ、完成し、出版されるだろう」

「そんなことはだれにもできない！」

「ぼくはやる。さもなければ、試みて死ぬかだ。その歳月の特別な日に、連中をひとりずつさらっていく。連中を生きている時と場所から誘拐して、べつの年のべつの街に送りとどけてやる。連中はそこで道を切り開かないといけない、がむしゃらに。自分がどこから来たのかを忘れ、スコッティに愚かな重荷を背負わせたことを忘れるだろう」

わたしは目を閉じて考えこんだ。「まいったな、おかげで子供のころに見たジョージ・アーリスの映画を思いだしたよ。『神を演じた男』だ」

バーナム・ウッドは静かに笑った。「ジョージ・アーリス、そうとも。なんとなく造物主になったような気分だ。ぼくはあえて救済者になる。われらが親愛なる、酔いどれで、愚かで、子供っぽいフィッツジェラルドの」

彼はまた機械をなでた。するとそれはブルブル震え、ささやいた。歳月のサイレンが、内部で突進したり、ころがったりしているのが聞こえるようだった。

「時間だ」とバーナム・ウッド。「ぼくは乗りこんで、加減抵抗器をまわし、蒸発を決行する。一時間たったら、最寄りの書店へ行くか、棚に並んだ本をチェックするかして、変化があるかどうか調べてくれ。もどってこられるかどうかはわからない。遠いむかしのどれかの年に閉じこめられるかもしれん。誘拐するつもりの連中と同じように迷子になるかもしれん」

「気にさわったら謝るが」とわたし。「時間をもてあそぶことはできないと思う。F・スコット・フィッツジェラルドの遺作の共同編集者になりたい、ときみがどれほど心から願ったとしても」

バーナム・ウッドはかぶりをふり、「ぼくはたくさんの夜ベッドに横たわり、たくさんのお気に入りの作家の死について思いをめぐらせる。貧乏で悲しいメルヴィル、親愛なる迷子のポオ、ヘミングウェイ。彼はあのアフリカの飛行機事故で死ぬべきだった。

でも、死んだのは優れた作家でいる才能だけだった。その件に関してはなにもできない。でも、ここ、ハリウッドという力がおよぶ範囲にいるからには、試さなくちゃいけない。そういうことだ」バーナム・ウッドは両手をふりまわし、手をのばして、わたしと握手した。「幸運を祈ってくれ」

「幸運を」とわたしはいった。「きみを止められる言葉はあるのかい？」

「止めないでくれ。このわが偉大なアメリカ象は、腹のなかで時間をかきまわすんだ。セメントではなく、時間、日、年を――文学的装置なのさ」

彼はマフィオーソ・セメント・ミキサーに乗りこみ、コンピュータ・バンクにいくつか調整をほどこしてから、ふり返ってわたしをしげしげと見た。

「一時間たったらなにをするんだ？」と彼がたずねた。

「『ラスト・タイクーン』を一冊新しく買うんだ」

「よし！」とバーナム・ウッドが叫んだ。「さがりなさい。衝撃に気をつけたまえ！」

「『来るべき世界』の台詞だろう？」

「H・G・ウェルズ」とバーナム・ウッドが笑った。「衝撃に気をつけたまえ！」

ガチャンとハッチが閉まった。巨大なマフィオーソ・セメント・ミキサーがゴロゴロいい、歳月のなかで向きを変え、いきなりガレージがからっぽになった。

わたしは長いこと待った。ふたたび衝撃が走り、巨大な灰色のけものが不意にまた出現するのではないかと思ったが、ガレージはからっぽのままだった。

一時間後、とある書店である本を求めた。店員が『ラスト・タイクーン』をわたしてくれた。本を開き、ページをめくる。

あんぐりあいたわたしの口から、大きな叫び声が飛びだした。

「やったんだ！」わたしは叫んだ。「やったんだ！　五十ページふえてるし、結末は、ずっとむかし、本が出たときに読んだ結末とちがう。やったんだ、すごいぞ、やったんだ！」

目から涙があふれだす。

「二十四ドル五十セントです」と店員。「どうしたんです？」

「きみにはわからないよ」とわたし。「でも、このわたしにはわかる。バーナム・ウッドにありったけの祝福を」

「だれのことです？」

「神を演じた男だよ」とわたしは答えた。

新たな涙で目がヒリヒリした。わたしは本を胸に押しつけ、店から出た。「ああ、そうさ、神を演じた男だ」とつぶやきながら。

幽霊たち

The Ghosts

1950—1952

夜になると、幽霊たちが唐綿の莢《さや》のように白い牧草地をただよった。はるか彼方に、爛々と輝く角灯《ランタン》めいた彼らの目が見え、彼らがぶつかり合うときには、パッと燃えあがる火が見えた。まるでだれかが火鉢をゆさぶったので、火のついた石炭が、小さな火の驟雨《しゅうう》となって降り注ぐかのようだった。よく憶えているのだけれど、毎年、夏至の前夜が来るたびに、幽霊たちは三週間ほど、あたしたちの窓の下へやってきた。そして毎年パパが、南に面したあたしたちの窓を閉めきり、あたしたち子供を北の角にあるべつの部屋へ移すのだった。そこであたしたちは、幽霊たちが位置を変え、眼下に広がる新しい牧草地の斜面で目を楽しませてくれないかと期待しながら夜を過ごすのだった。でも、そういうふうにはならなかった。彼らがいるのは、南の牧草地だった。

「連中はマズバリーから来るにちがいない」パパの声が玄関ホールの階段を昇り、あたしたち三人がベッドに横たわっているところまで流れてきた。「でも、銃を持って飛びだしたら、あれまあ、影も形もないんだ！」

ママの返事が聞こえた。「ねえ、銃をしまってちょうだい。とにかく、撃ったりしてはだめよ」

幽霊はホントに幽霊だ、とあたしたちにいったのはパパだった。パパは重々しくうなずいて、あたしたちの目をのぞきこんだ。幽霊たちは不作法だ、とパパはいった。笑い声をあげたり、牧草地の草に体を押しつけるから。前の晩に彼らが——男と女がひとりずつ——横たわった場所はひと目でわかる。いつも静かな笑い声があがる。そうすると、あたしたちは目をさまし、窓を外側へ開いて、タンポポ色の髪を風にそよがせながら、耳をすますのだ。

毎年、あたしたちは幽霊の到来をママとパパから隠そうとした。ときには、一週間ほどうまくいくこともあった。でも、七月八日ごろになると、パパがそわそわと落ち着かなくなるのだった。あたしたちにカマをかけ、おだてすかし、あたしたちのカーテンの隙間からのぞきながら、訊くのだ。「ローラ、アン、ヘンリエッタ——この一週間ほど——夜中に——なにか——気づかなかったかい？」

「なにかって、パパ？」

「つまり、幽霊だよ」

「幽霊ですって、パパ？」

「ほら、去年の夏や、おととしの夏みたいに」

「なにも見なかったわ。あんたは見た、ヘンリエッタ？」

「見なかったわ、あんたは見た、アン？」

「ううん。あんたは見た、ローラ？」

「そこまで、そこまで！」パパが叫んだ。「単純な質問に答えなさい。なにか聞こえたかい？」

「ウサギの音がしたわ」

「犬を見たわ」

「猫がいて――」

「よし、もし幽霊がもどってきたら、教えてくれないといけないよ」パパは念を押すようにいい、顔を赤くしながら、そろそろと離れていった。

「なんでパパはあたしたちに幽霊を見せたがらないのかしら？」とヘンリエッタが小声でいった。「だって、あれは本物の幽霊だっていったのはパパなのよ」

「あたしは幽霊が大好き」とアン。「彼らはちがってるもの」

それはたしかだった。三人の幼い女の子にとって、幽霊はめったにない、すばらしいものだった。家庭教師が毎日車でやってきて、あたしたちを厳しくしつけた。たまには誕生日のパーティーがあった。でも、あたしたちの生活は、たいていパウンド・ケーキみたいにあっさりしていた。あたしたちは冒険に焦がれていた。幽霊は救いだった。夏じゅうどころか、来年までつづくほどたっぷりの鳥肌を立たせてくれたから。

「幽霊はどうしてここへ来るのかしら？」とアンが不思議がった。

あたしたちにはわからなかった。

パパにはわかっているようだった。ある夜、パパの声がまた階段吹き抜けを昇ってきた。「苔の具合でわかるんだ」とママにいっている。

「気にしすぎよ」

「たぶん連中はもどってきてる」

「あの子たちは、そういわなかったわ」

「あの子たちは悪知恵が働くからな。今夜、あの子たちの部屋を変えたほうがいい」

「ねえ、あなた」ママがため息をつき、「はっきりするまで待ちましょう。部屋を変えると、あの子たちがどうなるかは知ってるでしょう。一週間はよく眠れなくて、一日じゅうぐったりしているのよ。わたしの苦労を考えて、エドワード」

「わかったよ」とパパはいったが、その声からすると、裏でなにかを企んでいるようだった。

あくる朝、あたしたち三人は、鬼ごっこをしながら朝食の席へ駆けていった。「あんたが鬼よ!」とあたしたちは叫び、足を止め、まじまじとパパを見て、「パパ、どうしちゃったの?」

というのも、パパの両手には黄色い軟膏がべったりと塗られ、白い包帯が巻かれていたからだ。首と顔は赤くて、見るからにかゆそうだ。

「なんでもないよ」と、シリアルをじっと見つめ、憂鬱そうにつつきながらパパがいった。

「でも、なにがあったの？」あたしたちはパパのまわりに集まった。

「うるさくしないの、あなたたち」とママが笑いをこらえながらいった。「パパはウルシにかぶれたの」

「ウルシ？」

「どうしてそんなことになったの、パパ？」

「おすわりなさい、あなたたち」とママが警告するようにいった。パパが静かに歯ぎしりしていたからだ。

「どうしてパパはかぶれたの？」とあたしはたずねた。

パパはドスドスと部屋から出ていった。あたしたちは、もうなにもいわなかった。


つぎの夜、幽霊たちはいなくなった。

「ああ、なんてこと」とアンがいった。

ベッドのなかで、小鼠のように、あたしたちは真夜中を待った。

「なにか聞こえる？」と小声であたし。ヘンリエッタが人形のような目で窓辺から見下ろしているのが見えた。

「ううん」とヘンリエッタ。

「いま何時？」と、すこしたってからあたしが声をひそめていった。

「二時よ」

「きっと来ないんだわ」と悲しげな声であたし。

「きっと来ないのね」と妹たち。

耳をすましても、聞こえるのは部屋に流れる自分たちの小さな息づかいばかり。夜が明けるまで、外はずっと静まりかえっていた。

「ふたりでお茶を、お茶をふたりで」と朝食のお茶を注ぎながら、パパが歌った。クスクス笑ったり、自分を誉めるかのように、自分の背中をたたいたりした。「ハハハ」

「パパ、うれしそう」とアンがママにいった。

「ええ、そうよ」

「ウルシにかぶれてるのに」

「かぶれてるのにさ」と笑いながらパパ。「パパは魔法使い。悪霊祓い師《エクソシスト》なのさ！」

「パパはなんですって？」

「エ・ク・ソ・シ・ス・ト」とパパがひと文字ずつ区切っていった。「お茶はどう、ママ？」

ヘンリエッタとあたしは、あたしたちの本箱へ走った。いっぽうアンは外で遊んでいた。「エク・ソ・シスト」とあたしが読みあげ、「あったわ！」と下線を引く。「悪霊をエクソサイズする人」

「悪霊を走りまわらせるのかしら?」とヘンリエッタ。

「うん。エクソサイズよ、莫迦ね。『排除する、追い払う』ってことよ」

「殺すの?」とヘンリエッタが泣き声でいった。

あたしたちは、ふたりとも愕然として本をまじまじと見た。

「パパはあたしたちの幽霊を殺しちゃったの?」と目に涙をためながら、ヘンリエッタがたずねた。

「そんなひどいことはしないわ」

あたしたちは三十分も呆然としていた。体が冷えて、からっぽになった。とうとうアンが、両腕をかきむしりながら家へはいってきた。「パパがウルシにかぶれたとこを見
つけた」と彼女はきっぱりといった。「どこだか知りたい人は?」

「どこなの?」とうとうあたしたちは訊いた。

「あたしたちの窓の下にある坂の上よ」とアン。「いろんなウルシがあるの、いままで
なかったのに!」

あたしはゆっくりと本を閉じた。「見にいきましょう」

あたしたちは坂の上に立った。ウルシがあった。どれも根を張っていなかった。だれ
かが森のなかで見つけ、大きな籠に入れてこの坂まで運んできて、ばらまいたのだ。

「まあ」とヘンリエッタが息を呑んだ。

三人とも、パパの腫れあがった顔と手を思いうかべた。

「幽霊」とあたしはつぶやいた。「幽霊はウルシで祓えるものなの？」

「パパがどうなったか見て」

三人ともうなずいた。

「シーッ」と指を口にあててあたし。「みんな手袋をして。暗くなったら、全部運びだしましょう。悪霊祓いを祓うのよ」

「そうしましょう！」とみんながいった。


光が消え、夏の夜はおだやかで、花のいい香りがしていた。あたしたちは、洞穴のなかの狐みたいに目を光らせながら、ベッドで待った。

「九時よ」とアンが小声でいった。

「九時半」と、すこしたってからアン。

「きっと来るわよ」とヘンリエッタ。「きれいに片づけたんだから」

「シーッ、耳をすまして！」

あたしたちは上体を起こした。

月明かりに照らされた眼下の牧草地に、ささやき声とガサガサいう音がやってきた。真夏の風が、あらゆる草と空の星々をざわめかせるような音。パキンという音がして、静かな笑い声があがり、あたしたちが怖いもの見たさで身を凍らせながら、足音を忍ばせて窓辺へ駆けよると、草の生えた斜面に不気味な火花が降り注ぎ、ふたつのぼんやりした影が、灌木に隠れて動いていた。

「わあ」あたしたちは叫び、ブルブル震えながら、抱きしめあった。「もどってきたわ、もどってきたわ！」

「パパに知られたら！」

「でも、知られてないわ。シーッ！」

夜がつぶやき、笑い声をあげ、草がなびいた。あたしたちは長いこと立っていた。やがてアンがいった。「行ってみる」

「なんですって？」

「知りたいの」アンがあたしたちから離れた。

「でも、殺されるかもしれないわよ！」

「行ってみる」

「でも、幽霊なのよ、アン！」

彼女がすばやく階段を下《くだ》り、玄関ドアがそっと開く音がした。あたしたちは窓の網に体を押しつけた。寝間着姿のアンは、ビロードの蛾みたいに前庭をひらひらと歩いていった。「神さま、あの子をお守りください」とあたしは祈った。彼女が暗闇のなかで幽霊たちに忍び寄っていたからだ。

「きゃあ！」とアンが絶叫した。

たてつづけに悲鳴があがった。

ヘンリエッタとあたしは息を吞んだ。アンはすごい勢いで前庭を駆けてもどってきたけれど、音をたててドアを閉めまではしなかった。風に吹かれたかのように、幽霊たちが丘の向こうへ吹き飛ばされ、たちまち消えてしまった。

「ねえ、あんたがしたことを見なさいよ！」アンが部屋へはいってくると、ヘンリエッタが叫んだ。

「話しかけないで！」とアンがぴしゃりといった。「ああ、こんなのってないわ！」彼女はつかつかと窓辺へ行き、ぐいぐいと窓を降ろしはじめた。あたしは彼女を止めた。

「どうしちゃったの？」とあたし。

「幽霊たちよ」腹立たしいのと悲しいのとで、アンはしゃくりあげた。「永久に消えちゃったわ。パパが怖がらせたからよ。ねえ、今夜、あそこになにがいたかわかる？　わかる？」

「なにがいたの？」

「人間よ、ふたりの」とアンが叫ぶ。涙が頰を伝い落ちた。「いやらしい男の人と女の人なのよ！」

「まあ」と、あたしたちは泣き声でいった。

「もう幽霊は二度と来ないわ」とアン。「ああ、パパなんか大嫌い！」

その夏が終わるまで、風向きがよく、白い影がなかば光を浴びながら牧草地を動く月明かりの夜、あたしたち三人は、あの最後の夜にしたのとまったく同じことをした。ベッドから起きだして、音をたてずに窓辺へ行き、あのいやらしい人たちの声が聞こえないように窓をピシャリと閉め、ベッドにもどって目を閉じ、幽霊がただよっていた日々を夢に見たのだ。パパがなにもかもだいなしにする前の、あの幸福な時代を。

帽子はどこだ、急ぎはなんだ？

Where's My Hat, What's My Hurry?

2003

「ねえ、アルマ、この前パリへ行ったのはいつだったかな？」

「あらまあ、カール」とアルマがいった。「憶えてらっしゃらないの？　ほんの二年前じゃない」

「ああ、そうか」とカールはいうと、メモ帳に書きとめた。「二〇〇二年」ちらっと顔をあげ、「じゃあ、その前は、アルマ？」

「もちろん二〇〇一年ですよ」

「そう、そう。二〇〇一年。で、その前は二〇〇〇年だった」

「新世紀を忘れられるわけありません」

「偽ものの新世紀だ」

「みんな待ちきれなかったんですよ。一年早めでもお祝いしなけりゃならなかったんです」

「古き良き早めのお祝い、古き良きパリ。二〇〇〇年」と走り書きする。

彼女はちらっと視線を走らせ、身を乗りだした。「いったいなにをなさってるの？」

「思いだしてるんだ、パリを思いだしているんだよ。何べん訪れたかを」

「すてきだわ」彼女はほほえみながら、椅子にもたれかかった。

「そうとはかぎらない。一九九九年には行ったかな？　たしかあの年は――」

「ジェインの結婚式。サムの卒業式。あの年は行きそこなったわ」

「一九九九年、パリに行きそこなう。なるほど」彼は数字を線で消した。

「一九九八年、九七年、九六年は行ったね」

彼女は三度うなずいた。

彼は年をさかのぼり、とうとう一九八三年へ行き着いた。

彼女はうなずきつづけた。

彼は数字を書いてから、長いあいだそれを眺めていた。

いくつか修正を加え、数字のいくつかのとなりに註釈を走り書きしてから、しばらく考えこむ。

とうとう受話器をとりあげ、ある番号をプッシュした。電話がつながると、彼はいった。「アラゴン旅行社？　搭乗券が二枚ほしい。一枚はわたし名義で、一枚は名義なし。ユナイテッドで、今日の五時発パリ行き。できるだけ早く返事をもらえるとありがたい」

名前とクレジット・カード番号を伝える。

受話器を置いた。

「パリですって?」と妻がいった。「いきなりじゃ困るわ。時間がないもの」

「たったいま決心したんだ」

「そんなに急に? それでも——」

「聞こえなかったのか? 搭乗券の一枚はわたし名義。一枚は名義なし。名前はこれから決まる」

「でも——」

「きみは行かないんだ」

「でも、搭乗券を二枚とったじゃない……」

「名前と志願者はこれから決まる」

「志願者ですって?」

「何人かに声をかける」

「でも、せめて二十四時間待ってくれたら——」

「待てないんだ。二十年待ちつづけた」

「二十年ですって?!」

彼は電話のボタンをプッシュした。はるか彼方で、電話が鳴り、かん高い声が出た。

「エステルかい? カールだ。えらく急で、莫迦げた話だってのはわかってるけど、期限が有効のパスポートはあるかい? ある。よしよし——」笑い声をあげ、「今日の午後、五時にパリへ飛びたくないかね？」耳をすまし、「冗談じゃない、本気だよ、パリ、十泊。同じ部屋。同じベッド。きみとわたし。十泊、払いはこっち持ちで」目を閉じて、耳をすまし、うなずく。「なるほど。そうか、わかった。うん、つづけて。わかるよ。一応誘ってみたんだ。またの機会に。ああ、わかってる。べつに気を悪くしちゃいない。ほんとうだとも。じゃあ、また」

電話を切り、しげしげと電話を眺める。

「いまのはエステル」

「聞こえたわ」

「無理だそうだ。個人的な事情じゃなくて」

「そうは聞こえなかったわ」

「待ってくれ」

「待ってるわ」

彼は電話をかけた。またべつの、もっとかん高い声が応えた。

「アンジェラかい？　カールだ。気ちがいじみた話だけど、今日の午後五時、ユナイテッド航空で会えないかな？　荷物は機内持ちこみだけ、行き先はパリ、十泊、シャンパンと寝物語。ベッドと朝食。きみとわたし」

電話口で金切り声がした。

「それはイエスってことだね。すばらしい！」

彼は電話を切った。笑いが止まらなかった。

「いまのはアンジェラ」と満面の笑みで叫ぶ。

「そうらしいわね」

「いい争いはなし」

「しあわせな旅人ってわけ。さあ、できれば――」

「待ってくれ」彼は部屋から出ていき、数分後にもどってきた。とても小さなスーツケースをさげ、財布とパスポートを上着のポケットにねじこみながら。

彼は妻の前に立ち、体を揺らしながら笑っていた。

「さあ」と妻がいった。「説明してくださる?」

「説明しよう」

彼は十分前に書きだしたリストを彼女にわたした。

「一九八〇年から二〇〇二年にかけて、ぼくらがパリで過ごした時間だ。いいね?」

彼女はリストにちらっと目を走らせ、「いいわ。それで?」

「毎回ふたりそろってフランスに行ったね?」

「ええ、いつもふたりで行ったわ」彼女はまたリストにざっと目を通した。「でも、わからないわ――」

「きみにはわかったためしがない。教えてくれ、パリへこれだけ旅していながら、いったい何回メイク・ラヴした?」

「なんておかしなこと訊くの」

「ちっともおかしくない。何回だね？」

まるで合計が書いてあるかのように、彼女はリストをじっくりと見た。

「正確な回数をいえといったって無理よ」

「無理だ」と彼はいった。「いえるはずがないから」

「いえるはずがないって――？」

「試したって無理だ」

「そんなことはないわ――」

「いいや、『そんなこと』はあるんだ。なぜなら、パリで、愛の都でひと晩たりとも、たったのひと晩たりとも、メイク・ラヴしなかったからだ！」

「きっと何度か――」

「いいや、いちどもだ。きみは忘れている。わたしは憶えている。完全記憶力。いちども、いちどたりとも、きみはわたしをベッドに呼ばなかった」

彼女がリストを見つめるあいだ、長い沈黙がおりた。とうとう彼女の指からリストがはらりと落ちた。彼女は夫に目を向けなかった。

「これでなにもかも思いだしたかい？」と彼は声に出していった。

彼女は無言でうなずいた。

「悲しくないかい？」

彼女は黙ったまま、もういちどうなずいた。

「ずいぶんむかしに見たあのすてきな映画を思いだしてくれ。ガルボとメルヴィン・ダグラスがパリで時計を見ると、もうじき十二時。すると彼がいうんだ、『おお、ニノチカ、ニノチカ、大きな手と小さな手がもうじき触れあう。もうじき触れあうんだ。すると一瞬にして、パリの半分がもう半分と愛を営んでいるだろう。ニノチカ、ニノチカ』とね」（エルンスト・ルビッチ製作・監督の米国映画「ニノチカ」／一九三九年より）

妻はうなずき、涙がその目にあらわれた。

彼はドアまで行き、あけると、「わたしが行かなくちゃいけない理由がわかるかね？来年では年を食いすぎているかもしれないからだ。さもなけりゃ、この世にいないかもしれないからだ」

「まだ手遅れってわけじゃ——」彼女はいいかけた。

「いや、わたしたちにとっては、手遅れだ。パリで二十年は手遅れだ。二十の週、二十の七月十四日、フランス革命記念日の夜がありながら、そのすべてが手遅れだ。ああ、なんて悲しいんだ。いまにも泣きだしそうだよ。でも、べつの年に泣いた。さよなら」

「さよなら」彼女は小声でいった。

彼はドアをあけ、未来を見つめて立ちつくした。

「おお、ニノチカ、ニノチカ」彼は小声でいい、外へ出ると、音をたてないように注意深くドアを閉めた。

その衝撃で彼女は椅子に押しこまれた。

変
身

The Transformation

1948—1949

椅子から動く暇もなく、彼らが部屋になだれこんできて、スティーヴをつかまえ、その口に手をかぶせた。そして、恐怖でぐったりした彼を小さな黄色いアパートメントから運びだしにかかった。ひび割れた天井の漆喰が、頭上をよぎっていくのが見えた。首を激しくねじって口をもぎ離すと、ドアから運びだされながら、一瞬、自分のねぐらが目に映った。壁には〈力と健康《ストレングス・アンド・ヘルス》〉に登場する強い男たちの写真が画鋲で留めてあり、床には、彼らの足音がドアの外で響いたとき読んでいた雑誌、短いもみあいで投げだされた〈閃光探偵《フラッシュ・ディテクティヴ》〉がころがっていた。

彼はいま四人に囲まれて、死人のようにぶらさがっていた。恐怖で気分が悪すぎて、長いこと身動きできず、夜気のなかへ運びだされる重荷だった。スティーヴは思った。これはなにかのまちがいだ、ここは南部で、おれは白人、やつらも白人だ。それなのに、おれのうちへやってきて、おれをつかまえた。こんなことあるわけない。こんなこと起きるわけない。こんなことが起きるなんて、いったい世界はどうなっちまったんだ?

汗ばんだ掌を口にかぶせたまま、彼らはスティーヴを乱暴にゆすりながら、芝生を横切った。屈託のない笑い声が、「こんばんは、ミス・ランドリス。友だちのスティーヴ・ノーランですよ。また酔っ払っちゃいましてね。ええ、そうですとも！」というのが聞こえた。そしてだれもが、偽りの笑い声をあげた。

彼は車の後部座席に放りこまれた。男たちが周囲に乗りこんできて、暑い夏の夜、本のページになにかをはさむように、彼をあいだにはさんだ。車がガクンと縁石から離れたかと思うと、声と声がしゃべりはじめ、スティーヴ・ノーランの口から手がどかされた。おかげで彼は唇をなめ、どんよりした目でびくびくと彼らを見ることができた。

「い、いったいどうするつもりだ？」彼はあえぎ、床板に対して脚を突っ張らせた。まるでそうすれば車が止まるかのように。

「スティーヴィー、スティーヴィー」男たちのひとりがゆっくりと首をふった。

「おれをどうする気だ？」とスティーヴは叫んだ。

「わかってるくせに、スティーヴィー坊や」

「ここから出してくれ！」

「おとなしくさせろ！」

車は暗闇のなか、田舎道を疾走した。道の両側でコオロギが鳴いており、月は出ていなくて、無数の星々だけが、黒い暖かな夜空に輝いていた。

「おれはなにもしてない。おまえたちのことはわかってるぞ。おまえたちはろくでもないリベラルだ、おまえたちは共産主義者だ！　おれを殺す気だな！」

「そんなことは考えもしなかった」と男たちのひとりがいい、スティーヴの頬をさも愛しげにやんわりとたたいた。

「おれは」と、もうひとりがいった。「共和党員だ。おまえはなんだ、ジョー？」

「おれか？　おれも共和党員だ」

ふたりともスティーヴに向かって、にんまりと猫のように笑った。彼はひどい寒気がした。「もしラヴィニア・ウォルターズとかいう黒人女のことだったら――」

「だれがラヴィニア・ウォルターズのことだっていった？」

だれもがひどく驚いた顔で、ほかのだれかに目をやった。

「ラヴィニア・ウォルターズのことでなにか知ってるか、マック？」

「いいや、おまえは？」

「そうだな、最近子供ができたとかなんとか聞いたな。おまえがいってるのは、そのことか？」

「おいおい、あんたたち、ちょい待ち、ちょい待ち、車を止めて、車を止めて。そうしたら、そのラヴィニア・ウォルターズとやらのことを話してやる――」スティーヴの舌が動いた。唇の上でわななないたのだ。彼の目は見開かれたままだった。顔はきれいな骨の色だった。彼は、汗ばんだ男たちにはさまれて直立させられた死骸のように見えた。場ちがいで、莫迦げていて、恐怖でやせ衰えたように見えた。

「なあ、いいかい！」彼は叫んだ。かん高い声で笑いながら。「おれたちは南部人だ、おれたちみんなが。そして南部人は団結しなきゃいかん。なあ、そうだろう？　なあ、そうじゃないのか！」

「おれたちは団結してるぜ」男たちはおたがいに目をやった。「そうだよな、みんな？」

「ちょっと待ってくれ」スティーヴが横目で彼らを見て、「あんたたちを知ってるぞ。あんたはマック・ブラウン、川下の巡回遊園地《カーニヴァル》でトラックを運転してる人だ。それにあんた、あんたはサム・ナッシュ。あんたもカーニヴァルで働いてる。四人ともカーニヴァルの人で、四人とも地元の人間だ。こんな真似をしちゃいけない。まあ、夏の夜のせいってことにしとこう。さあ、つぎの十字路で車を止めて、おれを降ろしてくれ。神に誓って、このことはだれにもいわないよ」彼はにんまり笑って、鷹揚なところを見せようとした。「わかってるよ。頭に血が上《のぼ》ったんだろう。でも、おれたちは同郷のよしみじゃないか。前でマックと並んでるのはだれだい？」

ほの暗い煙草の明かりのなか、顔がふり向いた。

「おや、あんたは——」

「ビル・コラムさ。やあ、スティーヴ」

「ビル、あんたとはいっしょに学校へ通った仲だ！」

風に揺れる明かりのなか、コラムの顔がこわばった。「おまえなんか好きじゃなかった、スティーヴ。いまだって、ちっとも好きじゃない」

「もしこれがラヴィニア・ウォルターズ、あのろくでもない黒人女のことだったら、莫迦げてるぞ。おれはあの女になにもしちゃいない」

「長年にわたり、ほかのたくさんの連中にも、なにもしてこなかったもんな」

前部座席でステアリング・ホイールを握っているマック・ブラウンが、くわえ煙草を口から垂らし、「おれはもの知らずで、忘れっぽいんだ。このラヴィニアの件はどういうことなんだ、教えてくれよ、もういっぺん聞きたいんだ」

「彼女はあつかましくて、不届き者の有色人種の女だった」と後部座席でスティーヴを押さえているサムがいった。「とにかく、あんまりあつかましいんで、昨日、小さな子供を腕にかかえて大通りを歩いたくらいだ。で、彼女がなんていってたか知ってるか、マック、でっかい声でわめくもんだから、白人みんなに聞こえたよ。こういってたんだ、『これはスティーヴ・ノーランの子供だよ！』ってな」

「そいつはいいがかりってもんじゃないのか？」

いま車はでこぼこの横道を走っていた。この先にカーニヴァルの会場があるのだ。

「それだけじゃない。彼女は何年も黒人がはいったことのない店へ片っ端から寄って、みんなのあいだに立って、いったんだ。『ほら、これはスティーヴ・ノーランの赤ん坊だよ。スティーヴ・ノーラン』ってな」

汗がスティーヴの顔をだらだらと流れ落ちていた。彼はもがきはじめた。サムがその首をぎゅっと絞めつけると、スティーヴはおとなしくなった。「話をつづけてくれよ」

と前部座席のマックがいった。

「ことの起こりはこうだ。ある昼下がり、スティーヴがフォードに乗って田舎道をのんびり走っていると、とびきりべっぴんの有色人種の女、ラヴィニア・ウォルターズが歩いているのが目にはいった。やつは車を止めて、乗らないと、おまえに財布を盗まれたと警察にいうぞ、と彼女にいった。彼女は怖くなって、おとなしく車に乗りこみ、一時間ほど沼地へ連れていかれた」

「そんなことがあったのか？」マック・ブラウンは、カーニヴァルのテントのわきへ車をつけた。月曜の夜で、カーニヴァルは閉まっており、照明もなく、テントが暖かい風に吹かれて静かにはためいていた。どこかでほの暗い青い角灯《ランタン》がちらほら灯っており、気味の悪い光をサイドショーの看板に投げていた。

サム・ナッシュの手がスティーヴの顔の前で動き、頬を軽くはたいたり、顎をつねったり、なでたり、スティーヴの腕の肉を満足げにそっとつねったりした。そしてはじめて、青い光のなかで、スティーヴはサムの手の刺青に気づき、その刺青が腕を昇って、サムの全身におよんでいることを知った。彼は〈カーニヴァルの刺青男〉なのだ。そして彼らがすわっている間《ま》に、車が静かになり、ドライヴは終わり、だれもが汗びっしょりで、待っていた。サムが話を終えにかかった。

「さて、このスティーヴは、ラヴィニアを脅して、週に二回、沼地で会うように仕向けた。さもないと警察に引きわたすぞ、といったんだ。ラヴィニアには、自分が有色人種で、白人の男の言葉にあらがっても仕方がないとわかっていた。そういうわけで昨日、彼女は前代未聞のあつかましさで、街の大通りを歩きながら、だれかれかまわずにいったんだ、だれかれかまわずに、よく聞いてちょうだい、この子はスティーヴ・ノーランの赤ん坊だよ！　ってな」

「そんな女は吊してやらんといかんな」マック・ブラウンが首をまわし、後部座席の男たちをふり向いた。

「吊されたよ、マック」とサムが請けあった。「でも、話が先走っちまった。だれかれかまわずそんなひどいことをいいながら、街を歩いたあと、彼女はシンプスン雑貨店の真ん前で足を止めた。ポーチのすぐわき、ほら、街の男たちがすわっていて、例の雨樽があるところだ。そして赤ん坊をさしだして、水のなかに押しこむと、泡がブクブクあがってくるのをじっと見つめた。そして最後にもういっぺん、『これはスティーヴ・ノーランの子供だよ』といってから、向きを変えて歩み去った。手になにも持たずにな」

これで話は終わりだった。スティーヴ・ノーランは彼らに撃たれるのを覚悟した。煙草の煙が、車内をただよった。

「おれは――きのうの晩、あの女が首を吊った件とは関係ない」とスティーヴはいった。

「彼女は首を吊ったのかい？」とマックがたずねた。

サムは肩をすくめ、「今朝、川のほとりの掘っ建て小屋で見つかったんだ。自殺したんだっていう者もいる。だれかがやってきて絞め殺し、自殺に見せかけたんだっていう者もいる。さて、スティーヴ」サムはスティーヴの胸をポンポンとたたき、「あんたはどっちのいい分が正しいと思う?」

「あの女は自分で首を吊ったんだ!」スティーヴは絶叫した。

「シーッ。大声を出すなよ。ちゃんと聞こえるよ、スティーヴ」猫なで声。

「おれたちはこう思うんだ、スティーヴ」とビル・コラム。「彼女がかましくもおまえの名前を叫んで、大通りでおまえの赤ん坊を溺れさせたとき、おまえは怒り狂ったよな。それでおまえは彼女を永久に始末して、これでもう、だれにもわずらわされないと思ったんじゃないのか」

「見下げはてた野郎だな」スティーヴはいきなり虚勢を張った。「おまえは本物の南部人じゃない、サム・ナッシュ。おれを放しやがれ、くそったれめが」

「スティーヴ、ひとついわせてくれ」そういうとサムは、手をひとひねりして、サムの白いシャツのボタンを残らずちぎりとった。「おれたちはちょっと風変わりな南部人なんだ。たまたまおまえみたいなやつが好きじゃないのさ。おれたちは長いこと、おまえを見て、考えてきたんだ、スティーヴ。そして今夜、もう考えるのに耐えられなくなったのさ」彼はスティーヴのシャツをはぎとった。

「おれを鞭で打つ気か?」と、むきだしになった胸に目をやりながらスティーヴ。

「いいや。それよりはるかにいいことだよ」サムが頭をぐいっと動かし、「こいつをテントのなかに入れろ」

「やめろ！」だが、彼は乱暴に連れだされ、暗いテントのなかに引きずりこまれた。そこには照明が灯っていた。四方の壁で影がゆらいでいる。彼らはスティーヴをテーブルの上に縛りつけ、これから起きることを考えて、にやにや笑いながら立った。スティーヴの頭上に看板が見えた。**刺青！　意匠も色もお好みしだい！**　胸が悪くなってきた。

「おまえになにをすると思う、スティーヴ？」サムが袖まくりし、毛深い腕に彫られた長い赤色の蛇を見せた。器具がカチャカチャ鳴り、液体がゴボゴボと音をたてた。男たちの顔が、気遣わしげにスティーヴを見下ろした。スティーヴが目をしばたたくと、**刺青**の看板がゆらぎ、空中に、生暖かいテントのなかに溶けこんだ。スティーヴはその看板をじっと見つめ、目をそらさなかった。**刺青**。意匠も。**刺青**。色もお好みしだい。

「やめろ！」彼は絶叫した。「やめてくれ！」だが、彼らはスティーヴの脚のベルトをはずし、大ばさみでズボンを切り開いた。彼は素っ裸になった。

「でも、やめるわけにはいかないんだよ、スティーヴ、やめるわけにはな」

「そんなことは許されないぞ！」

スティーヴは、彼らがなにをするつもりかわかった。彼は金切り声をあげはじめた。

スティーヴが「助けてくれ！」と絶叫した直後、サムが静かに、おだやかな手つきでスティーヴの口に粘着テープを貼った。

スティーヴの目に、サムの手のなかでピカピカ光る刺青用の針が映った。

サムが彼のすぐ近くまでかがみこんだ。彼は静かな声で熱心に話しかけた。まるで小さな子供に秘密を打ち明けるかのように。「スティーヴ、これからおまえにするのはこういうことだ。まず、おまえの手と腕に色をつける、黒く。それからおまえの胴体に色をつける、黒く。それからおまえの脚を黒くする。それから、仕上げに、おまえの顔にも刺青をするんだ、スティーヴ。黒く。これまでなかったほど真っ黒な黒だよ、スティーヴ。墨みたいな黒。夜みたいな黒」

「むむむ」スティーヴは粘着テープに口をふさがれたまま金切り声をあげた。絶叫は、押し殺されて鼻の穴から飛びだした。肺が絶叫を押しだし、心臓が押しだした。

「で、今夜おまえの処置がすんだら」とサムがいった。「おまえは家へ帰って、着るものをまとめ、アパートメントから出ていくといい。そこに黒人を住まわせておきたい人間はいないだろう。おまえがどうして黒くなったかは関係ないんだ、スティーヴ。おいおい、震えるなよ。そんなに痛くないから。目に浮かぶよ、スティーヴ、おまえが黒人街へ引っ越すところが。ひとりぼっちで生きるんだな。家主はおまえを置いてはくれないよ。新しい店子は、おまえのことを黒人だと思うかもしれん。肌のことで嘘をついてるんだとな。家主は店子を逃がすわけにはいかない。だから、おまえは追いだされるんだ。北へ行ってもいいかもしれん。仕事に就くんだ。いまおまえが就いてるような仕事じゃない。鉄道の切符売りなんてとんでもない。でも、赤帽か、靴磨きの仕事ならあるかもしれん、そうだろう、スティーヴ」

ふたたび絶叫。スティーヴの鼻の穴から、反吐《へど》が二本の奔流となって噴きだした。

「テープをはがせ!」とサム。「さもないと、自分のゲロで窒息するぞ」

テープがビリッとはがされた。

スティーヴの吐き気がおさまると、彼らはテープを貼りなおした。

「もうこんな時間か」サムが腕時計にちらっと目をやり、「こいつを終わらせたいなら、はじめたほうがいい」

男たちがテーブルにかがみこんだ。彼らの顔は汗で濡れていた。針を浄める電気音が、ブーンと響いていた。

「冗談じゃすまないだろうよ」とサムがスティーヴの上にそびえ立ち、針をスティーヴの裸の胸に押しつけ、黒い墨を入れはじめた。「いつかスティーヴがレイプのかどで撃たれたらな」彼はスティーヴに向かって手をふり、「あばよ、スティーヴ。こんど会うときは、路面電車の後部席だ!」

声が尾を引くように消えていった。目を閉じたスティーヴの体の奥深くでむせび泣きがつづいた。そして夏の夜につぶやく声が聞こえ、過去のどこかで、子供を腕に抱いて通りを歩いているラヴィニア・ウォルターズが見え、ブクブクあがってくる泡が見え、垂木《たるき》からぶらさがっているものが見え、針が皮膚をかじりとる、永久に、永久にかじりとるのを感じた。彼は目をぎゅっとつむって、パニックと闘おうとした。と、いきなり、たったふたつのことが、いやというほどはっきりわかった。明日になったら、手を隠すため、新品の白い手袋を買わなければならない。で、そのつぎは？　そのつぎは、アパートメントの鏡を片っ端から割るのだ。

彼はテーブルの上に横たわり、夜通し叫んでいた。

ルート66

Sixty-Six

2003

これからひとつ話をするが、どうせ信じちゃもらえんだろう。でも、やっぱり話すことにする。殺人ミステリのたぐいなんだ。そのいっぽうで、時間旅行の話かもしれん。考えてみれば、復讐の物語でもあるな。そいつに幽霊話をふたつ放りこめば、これからする話のできあがりだ。

わたしはオクラホマ警察の白バイ隊員。カンザスとオクラホマ・シティのあいだで、そのむかしルート66と呼ばれていた道路を巡回している。このひと月のあいだに、カンザス・シティからオクラホマへ至る道ぞいで、いろいろと摩訶不思議なものが見つかった。

その道にそった畑でひとりの男、ひとりの女、ひとりの若い男、ふたりの子供の死体を発見したのは、十月初旬のことだった。遺体は点々と散らばっていて、その範囲は百マイルを超えていた。それでも遺体の服装からして、どういうわけか、全員につながりがあることはピンときた。それぞれの死因は見たところ絞殺のようだった。が、たしかなところはわからない。遺体に目立った外傷はなかったが、どこから見ても、殺されて、道路から遠くないところに遺棄されたもののようだった。

彼らの着ていた服は今日、今月、今年のものじゃなかった。じっさい、その服はいま店で売っているものとはまるでちがっていた。

男は農夫のように見えた。着ていたのは野良着――デニムのズボン、ぼろぼろのシャツ、くたびれ果てた帽子だ。

女は古びたカカシに似ていた。生まれてからずっと飢えていたにちがいない。

若いほうの男も農夫の服装をしていたが、その服ときたら、砂塵嵐のなかを五百マイルも旅してきたようなありさまだった。

ふたりの子供は、十二歳くらいの男の子と女の子だったが、やっぱり土砂降りの雨に打たれ、灼熱の陽射しに照らされて道路をさまよったあげく、道ばたに倒れこんだかのように見えた。

「黄塵地帯《ダスト・ボウル》」って言葉を耳にすると、自分のものじゃない記憶がよみがえる。わたしの父と母は一九二〇年代はじめの生まれで、大恐慌を生きぬいた。その話は生まれてからずっと聞かされてきた。ここ、アメリカの中部に住むわれわれは、その悪夢にさいなまれた。だれもが映画で見たことがある――砂塵がすさまじい突風に乗って大地を吹きまくり、納屋を壊したり、穀物をなぎ倒したりするところを。

耳にたこができるほど話を聞いたり、目に焼きつくほど映像を見ているものだから、身をもって体験したような気がする。そういうこともあって、あの人たちの遺体を見つけてえらく不思議に思ったんだ。

何日か前の夜、午前三時ごろ目がさめた。気がつくと、わけもわからずに声をあげて泣いていた。ベッドの上で身を起こすと、カンザス・シティからオクラホマ州境に至る道路ぞいに点々と見つかった遺体の夢を見ていたのだとさとった。

起きあがって、両親が遺してくれた古い本を何冊かパラパラめくり、渡り鳥《オーキー》の写真を見つけたのはそのときだ。オーキー——西へ向かい、スタインベックの『怒りの葡萄』のなかで記憶にとどめられた人々だ。その写真を見れば見るほど、泣かずにはいられなくなった。本をしまって、ベッドにもどらなければならなかったが、長いこと横になったまま、頬に涙を伝わせていた。ようやく眠りに落ちたのは、陽もすっかり昇ったころだった。

ずいぶんと前置きが長くなった。この話をすると胸がえぐられるからだよ。

年かさの男の遺体を見つけたのは、殺風景なトウモロコシ畑のなかだった。溝にはまっていて、その服は陽に灼かれ、旱魃《かんばつ》時の収穫のように乾ききっていた。わたしは郡の検屍官に連絡を入れ、捜索をつづけた。もっと死体が見つかりそうだっていういやな予感がしたんだ。どうしてそう思ったのかは、いまだにさっぱりわからない。

女の遺体はその三十マイル先、暗渠《あんきょ》のなかに見つかった。女のほうも外傷はなく、まるで夜中に見えない雷に撃たれて死んだかのようだった。

さらに五十マイル先に、子供たちと若い男の遺体があった。

郡の検屍官のオフィスに――ジグソーパズルみたいに――全部がそろうと、われわれは恐ろしいほどの喪失感にとらわれて遺体を検分した。この人たちのことは知らなかったが、どういうわけか前に会ったことがあり、よく知っているような気がした。だからその死を嘆いたんだ。

この事件全体が、永久に解けない謎のままであっても不思議はなかった。数週間後のことだ。ある午後、ある床屋で散髪の順番を待っていたとき、わたしは置いてあった雑誌をパラパラめくっていた。ある古雑誌を開くと、写真のページにぶつかり、わたしは飛びあがって、その雑誌を壁に投げつけてから拾いなおし、だれにともなく叫んだ。

「ちくしょう！　ああ、なんてこった！　ちくしょう！」

その雑誌を握りしめ、床屋を飛びだした。

なぜかというと、驚くなかれ、その雑誌に載っていたオーキーの写真に、わたしが道ばたで見つけたのと同じ人たちが写っていたからだ。

でも、よく見ると、この写真は数週間前にニューヨークで撮られたと書かれていた。オーキーの扮装をしている人々の写真だと。

彼らの着ている服は新しいが、砂塵にまみれ、くたびれて見えるようにしてあった。そういう服がほしければ、デパートへ行って、新しい値段でそのむかしの服を買い、六十年前に時間をさかのぼったと思えばいい。

つぎになにがあったのかはわからない。わたしは頭に血が上るとなにも見えなくなる質《たち》だ。だれかがわめいているのが聞こえた。わめいているのは自分だった。「ちくしょう！　なんてこった！」

雑誌を握りつぶし、バイクを見つめた。

夜気は冷たかった。バイクでどこかへ行かなければならない、となぜかわかった。わたしはときどきバイクを止めながら、長いこと秋の冷気のなかを走った。自分がどこにいるのかわからなかったが、気にもならなかった。

さて、これから信じてもらえそうにないことをもうひとつ話すが、話が終わったら、信じてもらえるかもしれん。

ほんとうにすさまじい暴風にあったことはあるかね？　ダスト・ボウルの時代にカンザスを通ってオクラホマまで吹きぬけたようなやつに。疾風のなかにいる人々には地平線が見えず、いまが何時なのかもわからなかった。そういうのは写真を見たり、名前を聞いても、とうてい想像がつかんだろう。風は猛烈に吹きまくり、農場をぺしゃんこにしたり、屋根をむしりとったり、風車小屋をひっくり返したりした。もともと赤い泥でしかなかったお粗末な道路をのきなみ不通にした。

とにかく、そういう嵐のただなかじゃ道に迷うものだ。砂塵が目を焼き、耳にあふれ、いまが何日か、さもなければ何年かを忘れて、なにか恐ろしいことが起きるのだろうかと首をひねり、それから恐ろしいことじゃないかもしれんが、それは起きるし、もう起きてると思うときは。

そういう強風が起きたんだ。バイクに乗って走っていたときだったよ、そいつに出くわしたのは。一寸先も見えないので、バイクを止めなければならなかった。そこに止まっているうちに、嵐の向こうで太陽がかたむき、風が吼えたけり、はじめてわたしは恐ろしくなった。なにが恐ろしいのかはわからなかったが、わたしはバイクにまたがったまま待った。だいぶたってから、風が衰え、東の地平線からルート66にそってやってきたのが、カタツムリが這うようにやってきたのが、古いポンコツ自動車だった。オープン・カーで、後部には巻いた毛布、側面には水袋がくくりつけてあり、ラジエーターからは湯気があがって、フロントガラスには砂塵がこびりついていた。おかげで運転しているだれかさんは、腰を浮かせて道路の先を見通さなければならなかった。

車はガタガタとわたしのそばまでやって来ると、ガス欠かなにかを起こしたようだった。ステアリング・ホイールを握っている男がわたしを見て、わたしは男を見返した。男は座席にすわっていても長身で、その顔は骨張っており、ステアリングを握る手も骨張っていた。頭の上にはくしゃくしゃの帽子が載っていて、男は三日分の無精髭を生やしていた。夜の嵐に永遠に閉じこめられていたような目つきをしていた。

男はわたしが口を開くのを待った。

わたしは男のところまで歩いていった。いえたのは「迷ったのかい?」だけだった。

男はゆるがない灰色の目でわたしを見た。頭は動かなかったが、唇は動いた。「いや、いまのところは。ここはダスト・ボウルかい?」

わたしはちょっと身を引いてから、「その言葉を聞くのは子供のとき以来だよ。ああ、ここがそうだ」

「じゃあ、こいつはルート66?」

わたしはうなずいた。

「思ったとおりだ」と男。「さて、このまま進めば、行きたいところへ着くんだろうか?」

「行きたいところというと?」

男はわたしの制服を見て、肩を落とすような仕草をした。「探してたんだよ、たぶん、警察署を」

「なんでまた?」

「どうしてかというと」と男。「自首したい気分だから」

「それなら、わたしに自首してもいいかもしれん。でも、なんでまた自首したいなんて思うんだ?」

「どうしてかというと」と男。「人を何人か殺したみたいだから」

わたしは道路の先、砂塵がおさまりかけているあたりに目をやり、「あっちでかい?」といった。

男はひどくのろのろと来たほうを肩ごしにふり返り、うなずいた。「ああ、あっちだ」

風がまた強くなり、砂塵が濃くなった。

「どれくらい前の話だね？」

男は目を閉じた。「この二、三週間のうちのいつかだ」

「何人かだって？」とわたし。「殺したって？　いったい何人を？」

男は目をあけた。睫《まつげ》が小刻みに震える。「四人、いや、五人だ。そう、五人、もう死んでる。ざまあみやがれだ。あんたに自首しようか？」

わたしはためらった。なにかがしっくりこなかったからだ。「そう簡単にはいかんよ。もっと話してもらわないと」

「弱ったな」と男。「どう話せばいいかわからないんだが、長いことこの道を走ってきたんだ。きっと何年も」

何年も、とわたしは思った。わたしもそんな気がしたのだ、男が何年も車を走らせていたと。

「それからどうなった？」

「あの連中が道をふさいだ。ひとりは親父に似てたし、べつのひとりは、ひどく若いころのお袋に似てた。三人めは兄貴に似てたけど、兄貴はとっくに死んでる。むかしはもうひとりの兄貴と姉貴もいたんだが、そのふたりもいた。なんだかおそろしく妙だった」

「五人か？」とわたし。すると、わたしの心はあの日へ、カンザス・シティとオクラホマのあいだを走る道で見つけた五人のもとへさかのぼった。

男はうなずいた。「そういうことだ」

「そうか」とわたし。「その人たちはなにをしたんだ？　どうしてその人たちを殺したくなったんだ？」

「道に出てただけさ」と男。「連中がどうやってそこへ来たのかはわからん。でも、連中の服装やら見かけやらで、なにかが変だとわかったから、車を止めて、ひとりひとりを片づけて、永久に消しちまわなけりゃならなかった。どうしてもそうしなけりゃならなかった」男は、ステアリング・ホイールを固く握りしめている自分の手を見つめた。

「ヒッチハイカーだったのか？」とわたし。

「そういうわけじゃない」と男。「もっと悪いなにかだ。ヒッチハイカーならいい。あいつらはどっかへ行く。でも、この連中、こいつらはただの割りこみだ。勝手に居すわるやつ、犯罪人、泥棒のたぐいさ。うまくいえんが」男は来たほうの道をまたふり返った。そこでは砂塵がすこしだけ舞いあがりはじめていた。

「こういう目にあったことはあるかい？　日曜の昼に教会から出てくる、さっぱりした気分で、ちょうど知らないうちにもういっぺんチャンスをあたえられたみたいに。で、生まれ変わった気分でそこに立つ、牧師がいうように、諸人《もろびと》こぞりて喜びぬ、だ。と思うと、真っ昼間に街の反対側から黒服を着た連中が車で乗りつけてきて、その気分に水を差す。つまり悪魔みたいな笑顔でそのしあわせに水を差すんだ。で、仲間といっしょに立って、喜びが春になって解ける雪みたいにはかなく消えるのを感じてると、その喜びに水が差されたのを見とどけた連中が、他人《ひと》のしあわせに水を差す自分たちの罪深い喜びにひたって走り去るんだ」

車の男は言葉を切り、まぶたの内側で考えをまとめると、ようやく息を吐きだした。

「いってみれば、その、いってみれば――」男は言葉を探して、探りあてた。「冒瀆《ぼうとく》ってやつかな？」

わたしは待ち、考え、いった。「それで合ってるな」

「おれたちはなにもしてなかった、立ってただけだ、伝道集会から出てきたばかりで。そうしたらあいつらがふらっとやってきて、水を差したんだ」

「冒瀆だな」とわたし。

「おれはたったの十歳だったが、生まれてはじめて鍬《くわ》を握って、連中の笑顔をかきとってやりたくなったよ。立っていると、丸裸になった気分さ。やつらは日曜のいちばんいいところを盗んでいった。おれに権利があったと思わないか？　それを返せ、よこすんだといって、その上着を奪いとり、ズボンと帽子も、そう、帽子も剝ぎとってやる権利が」

「五人か」とわたし。「年かさの男、女、若い男、ふたりの子供。聞きおぼえがあるな」

「なら、おれのいってることがわかるだろう。連中はあの服を着ていた。おかしな話だけど、連中の着ていた服、そいつを見ると連中はダスト・ボウルにいたみたいだった。

長いことそこにとどまっていて、戸外で暮らし、夜は風の吹きすさぶなかで眠るんで、服が砂ぼこりにまみれ、顔が痩せこけていったみたいだった。だからおれはひとりひとりを見て、年かさの男にいったんだ、『あんたはおれの親父じゃない』って。するとおっさんは答えられなかった。女を見て、こういった。『あんたはおれのお袋じゃない』すると女も答えなかった。それから上の兄貴と下の兄貴と姉貴を見て、こういった。『あんたたちなんか知らない。見かけはちゃんとしてるけど、まちがった感じがする。よこの道でなにをしてるんだ？』って。案のじょう、そいつらはなにもいわなかった。よくわからんが、恥じいってたのかもしれん。でも、道からのこうとしなかった。車の正面に立ってた。それでわかったんだ、なにか手を打たなかったら、オクラホマ・シティへは行かせてもらえないだろうって。だから、おれがなにをしたかわかるだろう？」

「彼らに退場願ったんだ」とわたし。

「退場ってのはいい言葉だな。服を剝ぎとってやれ、とおれは心のなかでいった。連中はその服を着るのにふさわしくない。皮を剝いじまえ、とおれは思った。連中はお袋や親父や兄貴たちや姉貴に似て見えるのにふさわしくないから、と。そういうわけで車をじりじり進めたけど、連中は動かなかったし、恥じいってたから口がきけなかった。で、風が吹いてきて、おれは車を進めた。進むにつれて、正面で連中が倒れたけど、おれはそのまま走りつづけた。ふり返ったときは、車の底が連中の服を剝ぎとっていますようにと祈ってた。でも、だめだ、連中はあいかわらずふさわしくない服をまとっていて、道路の上にころがってた。死んでるのかどうかはよくわからなかったけど、死んでいてほしかった。おれは車を降りて、引き返し、ひとりずつ抱きあげて、車のうしろに押しこんでから、砂ぼこりの舞いあがるなか、道路からはずれて、あっちやこっちやどこいらやらへ連中を置き去りにしていった。そのときにはおれの家族とは似ても似つかなかったよ。妙な話だと思うだろう？」

「妙な話だ」

「とまあ、そういうことだ。洗いざらいしゃべったぜ。おれを連行するかい？」

わたしは男の顔をのぞきこみ、道路の先に目をやって、トピーカの検屍官オフィスにまだ安置されている遺体のことを考えた。「考えておく」

「どういう意味だよ？　洗いざらいしゃべったんだ。おれは有罪だよ。おれが殺《や》ったんだ」

わたしは待った。風と砂塵がますます強くなろうとしていた。わたしはいった。「いや。おかしな話だが、あんたが有罪とは思えん。理由はわからんが、有罪には思えないんだ」

「おっと、だいぶ遅くなってきたな」と男。「おれの身分証を見たいかい？」

「見せたければ」

男はポケットからくたびれた財布をとりだし、さしだした。運転免許証はなく、名前の書いてある古いカードがはいっているだけだった。はっきりとは読めなかったが、見おぼえがあった。わたしが生まれるずっと前の新聞に載っていたなにかだ。うなじがぞくぞくして、わたしはいった。

「これからどこへ行くんだい？」

「さあ」と男はいった。「でも、旅をはじめたときより気分がいい。この道の先にはなにがあるんだい？」

「むかしから変わらんよ」とわたし。「カリフォルニア、絵葉書、オレンジ、レモン、ひょっとすると政府のキャンプ、バンガローの中庭」男にカードと財布を返し、「十マイルくらい先に警察署がある。そこへ着くころ、まだ自首したい気分だったら、自首するといい。でも、わたしには自首しないでくれ」

「どうして？」と男。その目はおだやかで、灰色で、ゆるがない。

「わたしにわかるのは、着ている服や、親にもらった顔にふさわしくない人間が、ときどきいるってことだけだ。なかには」とうとうわたしはいった。「目ざわりな人間もいる」

「ゆっくりゆっくり車を進めたんだよ」

「で、その人たちは動かなかった」

「そのとおり」と男。「おれはただ連中を轢いた。そういうことだし、いい気分だった。さて、そろそろ出発したほうがよさそうだ」

わたしはさがり、車を通してやった。車は道路を進んでいった。車の男は背中を丸めてステアリング・ホイールにかぶさり、両手でステアリングを握っていた。砂塵が男を追いかけるなか、男は黄昏につつまれて小さくなっていった。

五分ほどそのうしろ姿を見送ると、やがて男は行ってしまった。男の姿が消えるころには、風が起きていて、砂塵に目をふさがれていた。自分がどこにいるのかも、自分が泣いているのかどうかもわからなかった。わたしはバイクのところへ引き返し、またがって、スロットルをあけ、まわれ右して反対側の道を行った。

趣味の問題

A Matter of Taste

1952

銀色の船が舞い降りてきたとき、わたしは空の近くにいた。大いなる朝の糸を張った巣づたいに高い木々のあいだを抜け、友がそろってわたしに同行した。われわれの日々はいつも同じであり、いつも喜ばしく、われわれは幸福だった。しかし、銀色の乗りものが宇宙から降りて来るのを見るのもうれしかった。新しいが不合理ではない変化が、われわれの綴れ織り《タピストリー》に生まれることを意味したからだ。そしてその模様に順応できる気がした。なにしろ、われわれは百万年にわたり、糸のほつれともつれに順応してきたのだから。

われわれは古く賢い種族だ。いっときは宇宙旅行を検討したが、断念した。われわれがみずからの一生に求めている改善が、嵐のなかの巣のように引き裂かれ、十万年分の哲学が、熟れきってこの上なく望ましい実を結ぼうというまさにそのとき、中断されることを意味したからだ。われわれは、この雨とジャングルの世界にとどまり、平穏に生きることにした。

しかし、いま——天から来たこの銀色の船が、おだやかな冒険のわななきをわたしたちにもたらした。われわれとは正反対の道を選んだ旅人が、ほかの惑星からやってきたのだから。夜には昼に教えることがたくさんあるというし、太陽は月を照らすともいう。だからわたしはうきうきと、わたしの友たちはうきうきと、愉快な夢にひたりながら、銀色の乗りものが横たわるジャングルの空き地へ向かってすべるように降りていった。

その午後のようすを述べなければならない。大いなる巣の都は冷たい雨でキラキラと輝き、木々は滝のような水で洗われたばかり。そしていまは太陽がきらめいていた。わたしはとりわけ汁気の多い食事、ブーンとうなるジャングル蜂の極上のワインを仲間と分かちあってきたところで、温かなけだるさにほどよくつつまれており、興奮がいっそう楽しいものとなっていた。

しかし——奇妙な話だ。おそらく千は下らない数のわれわれが、友好的な態度で船のまわりに集まっているのに、船はなにもせず、しっかりとみずからを閉ざしたままだった。その舷門は開かなかった。つかのま、その上の小さな舷窓に生きものの姿を見かけたように思ったが、見まちがいだったのかもしれない。

「なにかの理由で」とわたしは友たちにいった。「この美しい船の住民は、出てこようとしないのだ」

われわれはこの件を話しあった。結論はこうだった。ひょっとすると——ほかの世界から来た動物の理屈は、われわれのそれとは性質が異なっているかもしれないので——

ひょっとすると、こちらの歓迎委員会の多さに恐れをなしているのかもしれない。この結論は疑わしかったが、それにもかかわらず、わたしはこの意見を周囲の者たちに伝達した。そのため、たちまちジャングルが揺れ、大いなる金色の巣が震え、わたしだけが船のわきに残された。

それからわたしは一気に舷窓まで進み出て、声をはりあげた——「ようこそ、われらが都とわれらが地へ！」

うれしいことに、船の内部でなにかの仕組みが動いていることにまもなく気がついた。しばらくして舷門が開いた。

だれもあらわれなかった。

わたしは友好的な声で呼びかけた。

わたしを無視して、船内でなにかしらの会話が早口にとり交わされていた。当然ながら、わたしにはちんぷんかんぷんだった。知らない言葉で話されていたからだ。しかし、その本質はとまどいであり、わずかな怒りであり、わたしには不可解な途方もない恐れだった。

わたしには正確無比な記憶がある。わたしはその会話を憶えている。それはなにも意味しなかったし、いまだになにも意味しない。その言葉はいまもわたしの心のなかにある。それを引きぬくだけで、逐一を伝えられる——

「行くのはあなたですよ、フリーマン！」

「いや、きみだ！」

もごもごと口にされるためらいの言葉、入り交じった懸念の言葉がつづいた。わたしが友好的な招きを繰り返そうとしたとき、一体の生きものがおそるおそる船から出てきて、わたしを見あげた。

奇妙な話だ。その生きものはすさまじい恐怖に身を震わせた。

わたしはすぐさま心配でたまらなくなった。この理不尽なパニックが理解できなかった。わたしが温厚で、名誉を重んじる個体であることはまちがいない。わたしはこの訪問者に悪意をいだいていなかった。じっさい、悪意という仕組みは、われわれの世界ではとっくのむかしに廃《すた》れたのだ。それなのにこの生きものは、わたしが金属の武器だと理解したものをわたしに向け、ガタガタ震えているのだ。殺すという考えが、その生きものの心にあった。

わたしはすぐさま彼をなだめた。

「わたしはきみの友だちだ」とわたしはいい、重ねていった、思考として、感情として。心のなかにぬくもりを、愛を、長く幸福な一生の約束を置き、これを訪問者に向けて送りだした。

さて、その生きものはわたしの言葉には反応しなかったが、テレパシーには目に見えて反応した。その生きものは――安堵した。

「助かった」とそれがいうのが聞こえた。そういったのだ。わたしは正確に憶えている。

意味のない言葉だが、生きものの心は、その記号の裏で先ほどより温かくなっていた。

ここでわたしの賓客について述べさせてもらいたい。

それはとても小さかった。身長はたったの六フィート、短い軸に載った頭をそなえており、肢《あし》は四本しかなく、そのうちの二本はもっぱら歩行に使われるらしいのに対し、ほかの二本は歩行にはまったく使われず、ものをつかんだり、身ぶりをするのに使われるだけだった！　もうふた組の肢、われわれには不可欠で、たいへん重宝する肢が欠けているのに気づくと、わたしはおかしくてたまらなくなった。とはいえ、この生きものは自分の体になんの不自由も感じていないようすだったので、わたしはそれが自分を受け入れているのと同じ感覚でそれを受け入れた。

ほとんど毛のない青白い生きものは、奇妙きわまりない顔形をしていた。とりわけ奇妙なのが口で、いっぽう目は落ちくぼみ、正午の海のような驚くべき芸術を思わせた。概してそれは異様な作品であり、風変わりで、新たな冒険であって、きわめて刺激的だった。わたしはたちまち順応した。

わたしはたちまち順応した。

つぎのような考えを新たな友に向けて念じた――

「われらはみなあなたがたの父であり、子供である。われらはあなたがたを大いなる木の都へ、われらの聖なる暮らしへ、われらのおだやかな習わしへ、われらの思考へ歓迎する。あなたがたはわれらのあいだを平和裡に動きまわるだろう。恐れるにはおよばない」

それが声に出していうのが聞こえた。

「なんてこった！　怪物だ。身の丈七フィートを超える蜘蛛だ！」

つぎの瞬間、それはなんらかの呪《まじな》い、なんらかの発作に襲われた。液体を口からほとばしらせ、激しく身を震わせたのだ。

わたしは同情と憐れみと悲しみをおぼえた。なにかがこの哀れな生きものの健康を損ねているのだ。それはうつぶせに倒れた。真っ青だった顔が、いまでは真っ白に変わっていた。それはあえいだり、わなないたりしていた。

わたしは助けに駆けよった。そのとき、動きの速さでどういうわけか船内の者たちを警戒させてしまったにちがいない。というのも、倒れた生きものを助けようとかかえあげたとき、船の内側のドアがさっとあけ放たれたからだ。わたしの友に似たほかの者たちが叫びながら飛びだしてきた。混乱し、おびえ、銀色の武器をふりまわしながら。

「フリーマンがやられたぞ！」

「撃つな！　まぬけ、フリーマンにあたるぞ！」

「気をつけろ！」

「ちくしょう！」

そういう言葉だった。いまでも意味はないが、記憶に残っている。とはいえ、彼らのなかに恐れを感じた。それは空気を焼いた。わたしの脳を焼いた。

わたしには回転の早い頭がそなわっている。即座に、わたしは突進して、仲間の前肢が簡単にとどくところへ生きものを置くと、音もなく彼らのもとから退き、彼らに向かって思念を飛ばした――「彼はきみたちのものだ。彼はわたしの友だちだ。きみたちはみなわたしの友だちだ。すべてはうまくいっている。許してもらえるなら、わたしはきみたちと彼を助けるつもりだ。彼は病気だ。ちゃんと面倒を見てやってくれ」

彼らはぎょっとした。棒立ちになり、驚愕とある種のショックで頭をいっぱいにした。彼らは友だちを船内へ連れもどし、わたしをじっと見あげていた。わたしは温かな海風のような友情を彼らに送った。彼らにほほえみかけた。

それから宝石をちりばめた巣の都、太陽のもと、さわやかな空に浮かび、高い木々に囲まれたわれらの大いなる都へもどった。雨が新たに降りはじめていた。子供たちとそのまた子供たちのいる場所へ着いたとたん、はるか下のほうから言葉が聞こえてきて、船の舷門に立った生きものたちが、わたしを見あげているのが目に映った。言葉はつぎのとおりだった――

「ちくしょう、友好的だぞ。友好的な蜘蛛だ」

「そんなことがあっていいのか？」

すっかりいい気分になって、わたしはこのタピストリーとこの物語を織りなしはじめた。金色の巣にならべた野生のライム・プラムと桃とオレンジを使って。それはすばらしい模様になった。

一夜が過ぎた。冷たい雨が降り、われらの都を洗い、透きとおった宝石で都を飾った。わたしは友たちにいった、船は放っておこう、なかの生きものたちがわれわれの世界に慣れるようにしてやろう、最後には彼らももっと先まで出てきて、われわれは友となり、すべての恐れがそうであるように、愛と友情が生まれれば、彼らの恐れは消え去るだろうと。われわれのふたつの文化には、学ぶべきことがたくさんあるだろう。新しく、金属の種子に乗って大胆にも宇宙へ乗りだした彼らと、非常に古く、真夜中にみずからの都にくつろいでぶらさがり、やさしく降りかかる雨を味わっているわれら。われわれは彼らに風と星々の哲学を、緑がどのように生長するかを、正午に青く温かいとき、空がどんなふうかを教えるだろう。彼らはこれを知りたがるにちがいない。お返しに、彼らは遠い惑星の物語でわれわれを生き返った気分にさせてくれるだろう。ひょっとすると、戦争や闘争の物語で、われわれの過去と、われわれが良識にしたがって悪いおもちゃのように海へ捨て去ったものを思いださせてくれることだってあるかもしれない。友よ、彼らに辛抱させよう。数日のうちに、なにもかもうまくいくだろう。

たしかに興味深かった。混乱と恐怖の雰囲気が、一週間にわたりその船にたちこめた。木立のなか、空に浮かぶ居心地のいい場所にいるわれわれは、こちらを見あげている生きものたちを何度も何度も見かけた。わたしは船内に心をのばし、彼らの言葉を聞いた。

意味はさっぱりわからなかったが、とにかく感情的な中身はとらえられた――

「蜘蛛だぞ！　ちくしょう！」

「でかいやつだ。きみが出る番だぞ、ネグリー」

「いやだ、勘弁してくれ！」

七日めの午後のことだった。生きものたちの一体が、単独で、武器を持たずに出てきて、空にいるわたしに呼びかけてきた。わたしは叫びかえし、彼に心からの友情と善意を送った。たちまち、陽射しを浴びた大いなる宝石をちりばめた都が、わたしの背後で震動した。わたしは訪問者のわきに立った。

わかっていて当然だったのだ。彼はひるんで逃げだした。

わたしはすこし身を引き、善意と親切心にあふれる思考を絶えず送りだした。彼は落ち着いてもどってきた。彼らは志願者を募るか、くじ引きのようなことをしたのだ。わたしにはそれが感じとれた。そしてこの生きものが選ばれたわけだ。

「震えないで」とわたしは念じた。

「わかった」とわたし自身の言葉で彼が考えた。

こんど驚くのはわたしの番だったが、うれしい驚きだった。

「きみたちの言葉を学んだ」と彼がゆっくりと声に出していった。目をキョロキョロさせ、口をわなわなと震わせていた。「機械を使って。一週間。きみたちは友好的なんだろう？」

「もちろんだ」わたしはうずくまった。おかげでわれわれの目の高さが同じになり、視線が合った。距離は六フィートほどだろうか。彼はじりじりと遠ざかりつづけた。わたしはほほえんだ。

「なにを恐れているんだね？　まさか、わたしを恐れているんじゃないだろうね？」

「いやいや、とんでもない」と彼があわてていった。

彼の心臓が空中で激しく打つ音がした。太鼓だ。すばやく野太い温かなつぶやき。わたしが心を読めるとは知らずに、彼はわたしたち自身の言葉を使って内心でこう考えた――「まあいい、ぼくが殺されても、船に欠員がひとり出るだけだ。ひとりを失うほうが全員を失うよりはましだ」

「殺すだって！」その考えに愕然として、わたしは叫んだ。呆然とすると同時に面白がっていた。「おいおい、われわれの世界では、暴力で命を落とした者は十万年にわたっていないんだ。お願いだから、そんな考えは捨ててくれ。われわれは友だちになるんだ」

生きものはごくりと唾を呑んだ。

「計器できみたちを研究してきた。テレパシー・マシンで。さまざまな計測器で。きみたちはここに文明を築いているんだろう？」

「見てのとおりだ」

「きみたちのＩＱはわれわれを仰天させた。見聞きしたところからすると、二百を優に超えている」

その用語はちょっと曖昧だったが、ふたたび、わたしはくすぐったい気持ちになり、彼に喜びと愉悦の思念を送った。「そうだ」

「ぼくは船長の副官だ」と生きものがいい、彼自身のほほえみだと判明したものを浮かべてみせた。ちなみに、われわれとのちがいは、彼が水平にほほえむ点にある。いっぽう、われわれ木々の都の民は垂直にほほえむのである。

「船長はどこだね?」とわたしはたずねた。

「病気だ」と彼は答えた。「到着した日からずっと病気だ」

「お目にかかりたいな」

「あいにくだが、無理だろう」

「それは残念だ」とわたし。心を船内へ送りこむと、船長がいた。ベッドらしきものの上で仰向けになり、ぶつぶついっていた。たしかに重い病気だった。ときどき悲鳴をあげた。目を閉じて、熱に浮かされて見る幻のようなものを追い払っていた。「ああ、ちくしょう、ちくしょう」と彼自身の言葉でいいつづけていた。

「きみたちの船長はなにかを怖がっているのだろうか?」とわたしは丁重にたずねた。

「いやいや、とんでもない」と副官はそわそわといった。「ただの病気だ。あとで出てくる新しい船長を選ばないといけなかった」じりじりと遠ざかり、「じゃあ、またこんど」

「明日はわれわれの都を案内させてくれたまえ」とわたし。「全員を歓迎する」

そこに立っているあいだ、そこに立ってわたしと言葉を交わしているあいだずっと、すさまじい震えが彼のなかで暴れていた。ブルブル、ガタガタ、ブルブル、ガタガタ。

「きみも病気なのか？」

「いや、そうじゃない」と彼はいうと、身をひるがえし、船内へ駆けこんだ。

船内で、彼の具合がひどく悪くなったのを感じた。

わたしはいたく面食らい、天に浮かぶ木々に囲まれたわれらが都へもどった。「なんと奇妙な」とわたしはいった。「この訪問者たちはなんと神経質なのだろう」

夕暮れに、このプラムとオレンジのタピストリーを織りつづけていると、ひとつの言葉がわたしのところまでただよってきた――

「蜘蛛だ！」

しかし、すぐに忘れた。都のてっぺんまで昇り、沖から吹く最初の新たな風を待ち、友にまじって、平穏無事にそこにすわり、そのすべての香りとすばらしさを夜明けまで満喫するころあいだったからである。

真夜中に、わたしはすばらしい子供たちを産んでくれたものにいった――「どういうことだろう？　なぜ彼らは怖がっているのだろう？　なにを恐れるというのだ？　わたしはすばらしい知性と友好的な性格をそなえた立派な生きものではないのか？」すると答えは「そうです」だった。「ならば、なぜブルブル震え、病気になり、具合が悪くなるのだろう?」

「ひょっとしたら、彼らがわたしたちにどう見えるかに答えが潜んでいるのかもしれません」と妻がいった。「わたしにいわせれば、彼らは奇妙です」

「そのとおりだ」

「それに風変わりです」

「もちろん、そうだ」

「それに外見にすこし恐ろしいところがあります。彼らを見ると、なんとなく落ち着かなくなります。彼らはあまりにもちがっています」

「その点を考えぬけば、知的に考えれば、そんな考えは消えてなくなるだろう」とわたし。「それは美意識の問題だ。われわれは自分たちに慣れているにすぎない。われわれには肢が八本あるが、彼らには四本しかなく、そのうちの二本は脚としてはまったく使われない。なるほど、奇妙だし、風変わりだし、さしあたりは不安に襲われる。だが、わたしは理性にしたがってすぐに順応した。われわれの美意識には弾力性がある」

「ひょっとすると、彼らの美意識はそうではないかもしれません。彼らはわたしたちの見かけが気に入らないのかもしれません」

わたしはこの考えを笑いとばした。「なんと、ただの外見を怖がるだと? 莫迦ばかしい!」

「もちろん、おっしゃるとおりです。ほかに原因があるにちがいありません」

「知りたいものだ」とわたし。「知りたいものだ。彼らをくつろがせてやりたいものだ」

「お忘れなさい」と妻がいった。「新しい風が起きています。耳をすましてください。耳をすまして」

翌日は新しい船長にわれわれらの都を見せてまわった。われわれは何時間も話をした。われわれの心と心が出会った。彼は心の医者だった。彼は聡明な生きものだった。なるほど、われわれほど聡明なわけではない。ただし、これは偏見のいわせることではない。彼は機知に富み、陽気で、かなりの知識をそなえ、じっさい、偏見にほとんどとらわれていない生きものだと判明した。それでも、その午後を通じて、天にもやわれた都を見てまわるあいだ、隠れたブルブル、ガタガタを感じた。

わたしはそれをふたたび口にするほど不作法ではなかった。

新しい船長は、ときおりたくさんの錠剤を呑みくだした。

「それはなんだね？」とわたし。

「神経の薬だ」と彼はすかさず答えた。「それだけのことだ」

わたしは彼をありとあらゆる場所へ連れていき、できるだけ木の枝で休ませてやった。また進むときが来て、はじめて彼に触れたとき、彼はすくみあがった。ただでさえ恐ろしい顔が、正視に堪えられないほど恐ろしくなった。

「われわれは友だちだろう？」とわたしは気づかわしげにたずねた。

「そう、友だちだ。なんだって？」彼ははじめてわたしの言葉を聞いたように思えた。

「もちろんだ。友だちだとも。きみたちはすばらしい種族だ。これは美しい都だ」

われわれは芸術と美と時間と雨と都について語りあった。彼は目を閉じたままだった。彼が目を閉じたままだと、われわれはうまくやれた。やがて話をするうちに彼が興奮して、笑ったり、喜んだり、わたしの機知と知性に関してお世辞をいったりした。妙な話だが、いまにして思えば、彼といちばんうまくやれたのは、わたしが空を見て、彼を見ていないときだった。これは奇妙な点なので、注意をうながしておく。彼は目を閉じて、心と歴史と古い戦争と問題について語り、わたしはすぐさま答えを返した。

目をあけたときにかぎって、彼は一瞬にして遠ざかった。わたしはこれが悲しかった。彼も悲しんでいるように思えた。すばやく目を閉じ、語りつづけたからだ。すると、たちまち先ほどまでの親しさがよみがえった。彼の震えは消えてなくなった。

「そうとも」と彼は目を閉じたままいった。「われわれはたしかに親友だ」

「そういってくれるとうれしい」とわたしはいった。

わたしは彼を船へ連れもどした。お休みの挨拶を交わしたが、彼はまたブルブル震えていて、船にはいると、夕食が喉を通らなかった。わたしにはそれがわかった。心がそこにあったのだから。そしてわたしは家族のもとへ帰った。一日を知的に過ごしたせいで興奮していたが、ついぞ知らなかった悲しみにいろどられていた。

わたしの話は終わりにさしかかっている。この船はもう一週間われわれのもとにとどまった。われわれはすばらしい時を過ごし、話はつきなかった。彼は顔をそむけるか、目を閉じるかだった。われわれのふたつの世界はうまくやっていくだろう、と彼はいった。わたしは同意した。すべては偉大な友愛のもとになされるだろう。わたしはさまざまな乗組員に都を見せてまわったが、なんらかの理由で身動きできなくなる者もいて、わたしは謝罪し、呆然としながら、彼らを宇宙船へ連れもどした。彼らはひとり残らず着陸したときよりも痩せているように見えた。ひとり残らず夜は悪夢にうなされていた。悪夢は熱い霧となり、夜更け、闇にまぎれてわたしのもとまでただよってきた。

これから記録するのは、最後の夜にその船のさまざまな乗組員のあいだで交わされた会話である。わたしはそれを心で聞いた。わたしはなにひとつ忘れないので、聞いたままの言葉を記しておく。それはなにも意味しないが、いつの日か、わたしの子孫にはなにごとかを意味するかもしれない。ひょっとすると、わたしはなんとなく落ち着かないのかもしれない。どういうわけか、今夜はすこしだけ気分が沈んでいるのだ。眼下にあるあの船のなかには、いまだに死と恐怖にまつわる考えがあるのだから。明日はなにが起きるかわからないが、あの生きものたちがわれわれに危害を加えるつもりだとはとうてい信じられない。たとえ彼らの考えが苦しみにさいなまれ、混乱しきっているとしても。とはいえ、信じられない出来事が起きたときにそなえて、彼らの会話をタピストリーに織りこんでおく。後世のために森の埋葬塚の深いところにタピストリーを隠すとしよう。さて、会話はこのようにつづいた――

「どうするんです、船長?」

「あいつらのことか? あいつらのことか?」

「蜘蛛です、蜘蛛ですよ。いったいどうするんです?」

「わからない。ちくしょう、答えを出そうとしてきたんだ。あいつらは友好的だ。すばらしい心の持ち主だ。あいつらは善良だ。これはあいつらの邪《よこしま》な企みなんかじゃない。われわれが移住し、彼らの鉱物を使い、彼らの海をわたり、彼らの空を飛びたいといえば、きっと彼らは愛と慈悲をもってわれわれを歓迎してくれるだろう」

「異論はありません、船長」

「しかし、妻子を連れてくることを考えると――」

わなわなな。

「うまくいかないだろう」

「いきっこありません」

ブルブル、ガタガタ。

「明日また出ていくのはご免だ。もう一日あいつらといっしょにいるのには耐えられない」

「子供のころ、たしか、納屋に蜘蛛が――」

「ちくしょう！」

「でも、おれたちは男だ。強い男だろう？　根性はないのか？　おれたちはなんだ、腰抜けか？」

「理屈じゃないんだ。本能、美意識、好きなように呼べばいい。明日はおまえが出ていって、〈でかぶつ〉と言葉を交わすか？　八本脚の毛むくじゃらで、恐ろしく背の高いやつと」

「勘弁してくれ！」

「前の船長はいまだにショック状態だ。だれも食べものが喉を通らない。おれたちがこんなに弱かったら、子供たちはどうなる、妻たちはどうなる？」

「でも、彼らは善良だ。親切だ。気前がいい。われわれがけっしてなれないすべてが彼らなんだ。彼らはだれでも分けへだてなく愛す。われわれを愛してくれる。助力を申し出てくれる。われわれを招き入れてくれる」

「そしてわれわれは入植しなければならん。商業やらなにやら、たくさんの立派な理由で」

「彼らはわれわれの友だちだ！」

「ああ、ちくしょう、そのとおりだ」

ブルブル、ガタガタ、ブルブル。

「でも、うまくいきっこない。あいつらはそもそも人間じゃないんだ！」

わたしは仕上がりかけたタピストリーとともにこの夜空に浮かんでいる。船長がまた出てきて、言葉を交わす明日が待ち遠しい。いまは混乱して、すこし警戒しているが、じきに愛し、愛されることを、われわれとともに暮らし、われわれの良き友になることを学ぶはずのあの善良な生きものたちが、そろって出てくるのが待ち遠しい。明日、叶《かな》うものなら、船長とわたしは雨と空と花について、そしてふたつの生きものがおたがいを理解すればどうなるかについて語りあうだろう。タピストリーは仕上がった。最後は引用で締めくくろう。彼ら自身の言葉、船内の男たちの声、青い夜風に乗ってわたしのもとまでただよってきた声から引用した言葉で。先ほどよりおだやかに思える声、状況を受け入れ、もう怖がってはいない声。これにてわがタピストリーは終わる——

「じゃあ、決心したんですね、船長?」

「やるべきことはひとつしかありません」

「そうだ。やるべきことはひとつしかあり得ない」

「毒はないのよ!」と妻がいった。

「それはそうだけど!」夫は飛びあがり、片足をあげると、ブルブル震えながら、絨毯を三度踏みつぶした。

床の上の濡れたしみをじっと見おろす。

震えが止まった。

雨が降ると憂鬱になる（ある追憶）

I Get the Blues When It Rains (A Remembrance)

1980

時間と記憶と歌にまつわる一夜が、だれの人生にもあるものだ。それはたまたまそうなるのだ――ひとりでに起こり、終わったら消え去って、まったく同じことは二度と起こらない。それを起こそうとしても失敗に終わるだけ。しかし、起きたときには、あまりにも美しく、その記憶は死ぬまで褪せることがない。

そういう夜が、わたしと友人の作家たちの身に起きた。ああ、三十五年か四十年も前の話だ。ことの起こりは〈雨が降ると憂鬱になる〉という題名の歌だった。聞きおぼえがあるって？　そのはずだ、年配のあなたには。お若い人たちには、**ここ**で読むのをやめてもらおう。この先わたしが述べなければならないことは、たいていあなたの生まれる前の話だし、われわれの頭の屋根裏にしまわれていて、けっしてとり出されないガラクタにまつわることなのだから。ただし、特別な夜が来ると、われわれの記憶がトランクを探してまわり、錆びついた留め金をはずして、古くありきたりだけれど、どういうわけか美しい歌詞、あるいは二束三文の値打ちしかないけれど、にわかに計り知れない価値を帯びた旋律をあふれ出させるのだ。

わたしたちは、ハリウッド・ヒルにある友人ドルフ・シャープの家に集まっていた。自作の短篇や詩や長篇の一部を朗読して夕べを過ごすことになっていたのだ。その夜の顔ぶれは、サノラ・バブ、エスター・マッコイ、ジョゼフ・ペトラッカ、ウィリアム・ショア、そのほか一九四〇年代末から一九五〇年代初頭に最初の短篇や単行本を世に出した五人ほど。その晩、各自が新作の原稿を持ってやってきて、朗読する運びになっていた。

しかし、居間へ移動する途中、おかしなことが起きた。

グループの年長作家のひとりで、ジャズ・ミュージシャンあがりのエリオット・グレンナードがピアノの横を通りかかり、鍵盤に触れて、足を止め、和音をひとつ弾いた。それからべつの和音。それから彼は原稿をわきに置き、左手で低音を押さえると、古い曲を弾きはじめた。

だれもが顔をあげた。エリオットはこちらにちらっと目を走らせ、ウインクすると、そこに立ったまま、滔々《とうとう》と流れ出る曲に身をまかせた。「知ってるかい？」と彼がいった。

「たまげた！」とわたしは叫んだ。「この曲を聞くのは何年ぶりだろう！」

そしてわたしはエリオットといっしょに歌いはじめた。やがてサノラが加わり、ついでジョーが加わって、わたしたちは歌った――「雨が降ると憂鬱になる」

わたしたちは笑顔を見せあい、歌声が大きくなった――「雨が降ると憂鬱が晴れない」

みんな空で歌詞を憶えていたから、最後まで歌いきり、歌いおわったときには笑い声をあげた。エリオットが腰をおろし、〈安物雑貨店で百万ドルの彼女を見つけた〉を奏でると、みんなその歌詞も知っていることが判明した。

そのつぎに〈チャイナ・タウン、わがチャイナ・タウン〉を歌い、そのあと〈雨に唄えば〉を歌った――そう、「雨に唄えば、心もはずむ、うれしさがよみがえり……」

やがてだれかが〈小さなスペイン人街で〉を思いだした。「あれはこんな夜だった、星がすけすけのドレスをまとってた、あれはこんな夜だった……」

するとドルフが割ってはいった――「ずいぶんむかしモンテレーで彼女に出会った、モンテレーで出会った、メキシコの古い……」

やがてジョーが大声をあげ、「そうさ、ぼくらにゃバナナがない、今日はバナナがない」と、感傷を二分間切り裂いた。当然ながらそのつぎは、〈ビール樽ポルカ〉と〈ヘイ、ママ、ぼくの代わりにブッチャー・ボーイ〉だった。

だれがワインを持ちだしたのかは憶えていない。だが、だれかが持ちだし、わたしたちは酔っ払わなかった。そう、ワインを飲んだが、ほどほどだった。なぜなら、歌うことと歌がすべてだったから。わたしたちは歌でご機嫌だった。

九時から十時まで歌った。十時になると、ジョー・ペトラッカが、「わきにのいて、このイタ公に〈フィガロ〉を歌わせてくれよ」といった。わたしたちはわきにのき、彼が歌いだした。わたしたちは声をひそめて、彼の歌に聞きいった。彼の声が、ありきたりのしっかりした甘い声にとどまらないのがわかったからだ。ジョーは独唱で〈椿姫〉のさわり、〈トスカ〉の一部を歌い、〈ある晴れた日に〉で締めくくった。ずっと目を閉じたままで、最後に目をあけ、驚き顔であたりを見まわし、「まいったな、真面目にやりすぎちまった！〈一九三三年の金鉱掘り〉に出てくる〈滝のほとりで〉をだれか知ってるか？」

サノラがその曲でルビー・キーラー役を務め、ほかのだれかがディック・パウエルのように加わった。そのときには酒のお代わりがほしくて、わたしたちは家じゅうを探しまわっていた。ドルフの細君が家からそっと抜けだし、丘のふもとへ車を走らせ、追加の酒を持ち帰った。歌がまだまだつづくなら、飲むほうもつづくと見当がついたからだ。

時をはるばるさかのぼって――「きみはぼくの大事な人、ぼくはきみの大事な人……天使がきみをこしらえて、その仕事が終わったとき、きみはただただ可愛くて……」真夜中には新旧ブロードウェイのメロディーすべて、二十世紀フォックス・ミュージカルの半分、ワーナー・ブラザーズ・ミュージカルのいくつか、かてて加えて〈はい、あれはぼくのベイビーです、いいえ、そういう意味じゃありません〉を歌いおわり、おまけに〈世慣れたきみ〉と〈ただのジゴロ〉を歌ってから、とどのつまり古い子守歌、偽りのやさしさで歌ったにもかかわらず、甘ったるいパン屋の一ダース（十三曲のこと）に落ち着いた。できの悪い曲が、どういうわけかどれも良く聞こえた。良い曲は、どれもひたすら偉大だった。そしてつねにすばらしい曲は、いまやどれも気が狂いそうになるほど壮麗だった。

一時にはピアノのそばを離れ、中庭《パテイオ》へ出て歌っていた。そこでジョーが無伴奏《アカペラ》でさらにプッチーニを披露し、エスターとドルフがデュエットした——「彼女はきれいじゃないか、通りをやってくるのを見なよ、じつは秘密の頼みがあるんだけど……」

一時十五分からは、声をひそめるようにした。隣人から苦情の電話があったからだ。こんどはガーシュウィンの時間だった。〈あのファニー・フェイスを愛している〉、それから〈リッツ・ホテルにお出かけ〉。

二時にはシャンパンがふるまわれ、不意に両親たちの歌が思いだされた。一九二八年に誕生パーティー用にしつらえられ地下室で歌われた、あるいは、わたしたちの大半が十歳だったとき、暖かな夏の夜、ポーチでハミングされた歌が——「長い長い曲がりくねった道が、わが夢の地へのびている」

やがてエスターが思いだした、友人のシオドア・ドライサーが、古い愛唱歌を書いていたことを——「ああ、今宵ウォバッシュ川に月は皓々と輝き、野原からは刈りたての干し草の匂いがただよってくる。シカモアの木立ごしに蠟燭の明かりがきらめく——はるか彼方、ウォバッシュ川のほとりで……」

それから——「きみ去りしのち夜は長し……」

そして――「笑っておくれ、悲しみよさようなら、歳月が過ぎれば、あなたのもとを訪れる」
そして――「ジェニーン、ぼくはライラックの夢を見る」
そして――「おやまあ、でも、わたしの古い仲間を世に出してやる」
そして――「あの婚礼の鐘で、わたしの古い仲間は別れ別れ」
そして、もちろん、最後には――「古き知人を忘れるなかれ……」
そのときには、壜は残らずからになり、わたしたちは〈雨が降ると憂鬱になる〉にもどって、時計が三時を打ち、ドルフの細君がわたしたちのコートを持って、開いた玄関ドアのわきに立っていた。わたしたちはコートをとりに行き、それをはおると、あいかわらず小声で歌いながら、夜のなかへ歩きだした。
だれに家まで送ってもらったのか、あるいは、どうやって帰り着いたのかは憶えていない。憶えているのは、頰を伝う涙が乾きかけていたことだけ。なぜなら、それはとても特別で、とても楽しい時間、これまで起きたことがなく、こういうふうには二度と起きないはずのなにかだったからだ。
幾星霜が過ぎ、ジョーとエリオットはとうのむかしに帰らぬ人となり、残りの者たちは中年をいくらか過ぎた。わたしたちは愛し、経歴上で負けを喫し、ときには勝ってきた。そしていまだに折りにふれて会い、多少の新顔を交えて、サノラかドルフの家で小説を朗読する。そしてすくなくとも年にいちど、エリオットがピアノを弾いたあの夜を思いだす。永遠につづいてほしかった夜、愛とぬくもりにあふれ、すばらしかった夜、あらゆる感傷的な歌が、なにも意味しないけれど、なぜかすべてを意味したあの夜を。それは愚かしくも美しく、お粗末ながら愛らしいものだった。ちょうどボギーが「弾いてくれ、サム」というと、サムが弾き語りをするように——「忘れちゃいけないよ、キスはただのキス、ため息はただのため息……」

そううまくいくわけがない。それが魔法のわけがない。うれし涙に暮れてから、悲しくなり、またうれしくなるわけがない。

でも、そうなるのだ。わたしはそうなる。そして、わたしたちみんながそうなるのだ。

最後に思い出をひとつ。

あの特別にすばらしい夕べからふた月ほどたったある夜、同じ家に集まったとき、エリオットがやってきて、ピアノの横を通りかかり、立ち止まると、疑わしげな目を向けた。

「〈雨が降ると憂鬱になる〉を弾いてくれよ」とわたしはいった。

彼は弾いた。

同じではなかった。古い夜は永久に消えていた。あの夜あったものがなんであったにしろ、これにはなかった。同じ顔ぶれ、同じ場所、同じ記憶、同じ曲。だが……あれは特別だったのだ。いつまでも特別だろう。わたしたちは賢明にも、すぐに目をそらせた。エリオットがすわりこみ、自作の原稿をとりあげた。長い沈黙がおり、いちどだけピアノに目を走らせたあと、エリオットが咳払いし、新作短篇の題名を読みあげた。

つぎにわたしが朗読した。わたしが朗読しているあいだ、ドルフの細君がわたしたちの背後に忍び寄り、ピアノのふたをそっと閉めた。

おれの敵はみんなくたばった

All My Enemies Are Dead

2003

七ページに死亡記事が載っていた――「ティモシー・サリヴァン。癌により死去。享年七十七。葬儀は非公開。墓所、サクラメント」

「ああ、なんてこった！」とウォルター・グリップが叫んだ。「ちくしょう、こんなことってあるか、これでおしまいだ」

「なにがおしまいなんだ？」とわたしは訊いた。

「生きていてもしかたない。読んでみろ」ウォルターは死亡記事をふりまわした。

「それで？」とわたし。

「おれの敵はみんなくたばった」

「ハレルヤ！」わたしは笑い声をあげ、「きみは待っていたんだろう、このくそ――」

「ろくでなし」

「そう、ろくでなし。彼がくたばるのを長いこと待っていた。喜べよ」

「喜べだって、とんでもない。これで理由がなくなった、生きる理由がなくなったんだ」

「もういっぺんいってくれ」

「きみにはわからんさ。ティム・サリヴァンは正真正銘のくそったれだった。おれは心の底から、全身全霊をこめてあいつを憎んだ」

「それで？」

「さては聞いてなかったな。あいつがいなくなって、光もなくなったんだ」ウォルターの顔から血の気がなくなった。

「光って、なんのことだ?!」

「火だよ、ちくしょう、おれの胸、おれの心臓、おれの神経節のなかの火だ。あいつのおかげで燃えつづけてきた。あいつがいるから、おれはやってこれた。夜眠りにつくときには憎しみで心がうきうきした。朝目をさませば、欲求のおかげで楽しく朝飯にかぶりつけた。昼飯と晩飯のあいだに、あいつを繰り返し殺したいって欲求だ。でも、いま、あいつがそれをだめにした。炎を吹き消しちまったんだ」

「彼がそんな仕打ちをしたのか？　彼が最後にやったのは、死んできみを挑発することだったのか？」

「そういってもかまわん」

「いまいったじゃないか！」

「さて、ベッドにはいって、おれの欲求をよみがえらせよう」

「莫迦いうな、起きてジンを飲めよ。おい、なにをしてるんだ？」

「見てのとおり、シーツを敷きなおしてるんだ。これが最後の朝寝になるかもしれん」

「そこから離れろよ、こんなの莫迦げてるぞ」

「死は莫迦げてるもの、侮辱、おれに仕掛けられた愚かないたずらだ」

「そうすると、彼はそれを目的に死んだのか？」

「あいつならやりかねん。おれだったらやるからな。墓石屋に電話して、墓石を見つくろっといてくれ、飾りなし、天使なしにしてくれよ。どこへ行くんだ？」

「表へ。空気を吸ってくる」

「もどってきたときには、おれは逝っちまってるかもしれんぞ！」

「ぼくが正気な人間と話すあいだ待ってろよ！」

「だれのことだ？」

「ぼくのことだよ！」

わたしは表へ出て、陽射しを浴びた。

そんなことがあるわけない、とわたしは思った。

あるわけないか？　と自分にいい返す。たしかめに行けよ。

まだだ。これからどうする？

ぼくに訊くなよ、とわたしはもうひとりの自分にいった。あいつが死んだら、ぼくらは死ぬ。仕事はなくなり、収入は絶える。ほかのことを話そう。それはあいつのアドレス帳か？

そうだ。

めくってみろ、まだピンピンしてるやつがいるはずだ。

わかったよ。わたしはめくった。Aの欄、Bの欄、Cの欄！　死んでいる！　Dの欄、Eの欄、Fの欄、Gの欄を調べろ！

死んでいる！

わたしはアドレス帳をピシャリと閉めた、ちょうど霊廟の扉のように。

彼のいうとおりだった。彼の友人、彼の敵――それは死者の書だった。

カラフルに書きとめてある。

カラフルだって、ちくしょう！　なにか手を考えろ！

ちょっと待て。いま彼についてどう感じている？　それだ！　船のタラップだ！　時をさかのぼるんだ！

わたしはドアをあけ、首を突きだした。

「まだ死にかけてるのか？」

「どういうふうに見える？」

「頑固なやつ」

わたしは戸口に立ち、部屋にはいると、彼を見下ろす形で立った。

「クローズアップのほうがいいのか？」とウォルター。

「頑固になるなよ。さもしいぞ。ぼくが吐きだす言葉を集めるあいだ、待ってくれ」

「待ってるよ」とウォルター。「急いでくれ、もうじき逝きそうだ」

「ほんとうらしいな。さあ、よく聞いてくれ！」

「そんなに近くに立つなよ、きみの息がかかる」

「これはマウス・トゥ・マウスの救命法じゃない。ただの現実との対峙《リアリティ・チェック》だ。さあ、これを聞くんだ！」

ウォルターが目をしばたたき、「こいつはおれの竹馬の友、旧友なのか？」彼の顔を影がよぎる。

「いや。竹馬の友じゃない、旧友じゃない」

ウォルターは破顔して、「おいおい、どうした、古い相棒！」

「きみが死にかけているからには、告白しておこう」

「告白するのはおれのほうだよ」

「ぼくが先だ！」

ウォルターは目を閉じ、待った。

「はじめてくれ」

「六九年に消えた現金のことを憶えてるか？　きみはサム・ウィリスがメキシコへ運んだと考えた」

「ああ、サムか、憶えてるとも」

「ちがうんだ。ぼくだ」

「どういうことだ？」

「ぼくだ。ぼくの仕業だ。サムは女と駆け落ちした。ぼくが金をかっさらって、やつのせいにしたんだ！　ぼくなんだよ！」

「それはたいしたことじゃない」とウォルター。「許してやるよ」

「待ってくれ。まだあるんだ」

「待ってるよ」ウォルターは静かに笑い声をあげた。

「一九五八年、ハイスクールのシニア・プロム（卒業記念舞踏会）のことだ」

「幻滅の夜か。おれのお相手はダイカ＝アンフリスビーだった。お目当てはメアリ＝ジェイン・カルーソーだったのに」

「お相手はメアリ＝ジェインだったはずだ。ぼくがきみの女遍歴を洗いざらいぶちまけたんだ、きみの戦果をずらずら並べたんだよ！」

「そんなことをしたのか？」ウォルターが目をかっと見開き、「それで彼女はきみとプロムへ行くことになったのか」

「そういうことだ」

　ウォルターがじろりとわたしをにらむと、目をそらし、「まあいい、古い橋の下を流れる古い水の話だ。それで終わりか？」

「まだ全部じゃない」

「まいったな！　だんだん面白くなってきた。吐きだしちまえよ」ウォルターは枕にパンチを入れ、片肘をついて体を起こした。

「それからヘンリエッタ・ジョーダンの件がある」

「まいったな、ヘンリエッタか。べっぴんだった。あれはすばらしい夏だった」

「ぼくがその夏を終わらせた」

「きみが、なんだって？」

「彼女が別れるといったんだろう？　ママが死にかけているから、いっしょに過ごさないといけないといって」

「そうすると、きみがヘンリエッタと逃げたのか？」

「そういうこと。おつぎは——きみにアイアンワークス社の株を底値で売らせたのを憶えてるか？　翌週あがる前にぼくが買った」

「それはたいして悪くない」ウォルターがごくりと唾を飲む。

わたしは先をつづけた。「おつぎは——六九年、バルセロナで、ぼくは偏頭痛を訴えて、早めにベッドにはいった。クリスティーナ・ロペスといっしょに！」

「彼女のことはちょくちょく考えた」

「声をはりあげてるぞ」

「おれがか？」

「さて、きみの奥方だ！　彼女と鬼ごっこをした」

「鬼ごっこ?」

「一回、二回、締めて四十回の鬼ごっこだ!」

「待てよ!」

ウォルターが毛布を握りしめて、起きあがった。

「耳の穴をかっぽじれ! きみがパナマにいるあいだ、アビーとぼくは、いかがわしい懇親会を開いたんだ!」

「おれの耳にはいっても不思議はなかったな」

「旦那の耳にはいるわけないだろう? 彼女がプロヴァンスへワイン巡りに行ったのを憶えてるか?」

「もちろん」

「ちがうんだよ。彼女はパリにいて、ぼくのゴルフ・シューズからシャンパンを飲んでいたのさ!」

「ゴルフ・シューズだって?」

「パリはぼくらの十九番グリーンだった! 世界選手権だ! それからモロッコ!」

「女房はそんなところへ行ってないぞ!」

「行ってるんだよ、それが! ローマ! 彼女のツアー・ガイドはだれだったと思う? 東京! ストックホルム!」

「女房の両親はスウェーデン人だ!」

「ぼくが彼女にノーベル賞を授けたんだ。ブリュッセル、モスクワ、上海、ボストン、カイロ、オスロ、デンヴァー、デイトン！」

「やめろ、なんてこった、やめろ！　やめてくれ！」

わたしはやめ、古い映画の一場面のように、窓辺へ歩みよって、煙草に火をつけた。ウォルターの泣き声が聞こえた。ふり向くと、彼は脚をベッドからふりだしていた。涙が鼻から床へポタポタとしたたり落ちている。

「このくそったれ！」彼があえいだ。

「そのとおり」

「ろくでなし」

「ごもっとも」

「怪物！」

「そうかな？」

「親友！　殺してやる！」

「まずは捕まえてごらん！」

「それから生き返らせて、もういっぺん殺してやる！」

「なにをしてるんだ？」

「ベッドから出てるのさ、ちくしょうめ！　こっちへ来い！」

「ご免だね」わたしはドアをあけ、外を見た。「バイバイ」

「何年かかろうと、殺してやる！」

「おや！　いまのを聞いたか——何年、何年だとさ！」

「永劫の時、時がかかってもだ！」

「永劫の時！　そいつは豪儀だ！　さよなら！」

「動くな、ちくしょう！」

ウォルターがよろよろと立ちあがった。

「くそったれ！」

「そのとおり！」

「ろくでなし！」

「ハレルヤ！　新年おめでとう！」

「なんだって⁉」

「乾杯《プロージット》！　おめでとう《スコール》！　ぼくはむかしなんだった？」

「友だちか？」

「そう、友だち、友だちだ！」

わたしは医師＝医者＝治療師の笑いを笑った。

「くそ野郎！」とウォルターが絶叫した。

「ぼくか、そのとおり、くそ野郎はぼくだよ！」

わたしはドアから飛びだし、にっこりした。

「ぼくだよ！」

ドアがバタンと閉まった。

完全主義者

The Completist

2003—2004

一九四八年の夏、中部大西洋上を往く船に乗っていたときのことだ、わたしたちが完全主義者に出会ったのは。完全主義者——彼はそう自称していた。

彼はスケネクタディ出身の弁護士で、身なりがよく、夕食前にたまたま出会ったとき、わたしたちに飲み物をおごるといってゆずらず、晩餐の席では、わたしたちがいつものテーブルではなく、彼と同席できるように手を打ってくれた。

彼は話をし、晩餐のあいだ、驚くべき物語、すばらしいジョークを披露しつづけた。彼のまとっている雰囲気は、宴をともにしたくなるようなもので、世の中に通じ、思慮に富んでいる男のそれだった。

彼はいっときもわたしたちに口を開かせず、妻とわたしはもてなされ、好奇心をそそられ、喜んで口を閉ざし、この愉快な男に彼の旅した世界の話をしてもらう気になった。彼は大陸から大陸、国から国、都市から都市へ旅して、本を収集し、図書館を建設し、みずからの魂を楽しませてきたのだった。

彼は話してくれた。プラハにある驚異的なコレクションについて耳にし、ひと月近くかけて船と鉄道で世界を半周し、そのコレクションを見つけて買いとり、スケネクタディにある広大な自宅に持ち帰った顚末を。

彼はパリ、ローマ、ロンドン、モスクワで過ごしたことがあり、何千トンにもおよぶ稀覯書《きこうしょ》――弁護士稼業のおかげで買えたもの――を自宅へ送っていた。こうしたことを口にするとき、彼の目は輝き、顔は酒によるものではない色で染まっていた。

この弁護士にほら吹きめいたところはなかった――彼は淡々と語っていた、ちょうど地図製作者が地図について述べるように――関連づけずにはいられない場所と出来事と時間から成る地図だ。

話をするあいだ、彼は食事をいっさい注文しなかった。注意をそらされるからにちがいない。彼は目の前の山盛りになったサラダにはほとんど関心を払わず、ひたすら話しつづけ、ときおり、ひと口ほおばっては、世界じゅうの土地とコレクションについての語りをつづけるのだった。

妻とわたしが口をはさもうとするたびに、彼はフォークをふり、目を閉じて、わたしたちを黙らすいっぽう、その口はまたべつの驚異を紡ぎだした。

「サー・ジョン・ソーン、偉大なイギリス人建築家の作品をご存じですか？」と彼がたずねた。

答える暇もなく、彼は矢継ぎ早につづけた。

「彼は心のなかで、そして友人の画家、ミスター・ジントリーが彼の設計書にしたがって引いた図面のなかでロンドンをまるごと再建しました。ロンドンにまつわる彼の夢のなかには、じっさいに建設されたものもあり、建設されて破壊されたものもあり、彼の途方もない想像力の描きだした虚構にとどまったものもありました。

わたしは彼が夢見た図書館の図面をいくつか見つけ、彼の建築技師の子孫たちと協力して、わたしの地所に馬術障害レース大学とでも呼ぶべきものを建設しました。スケネクタディ郊外にあるこの広大な私有地に立つ建物から建物へ、わたしは教育という偉大な角灯《ランタン》を設置してきたのです。

わたしの牧場《まきば》を散策すれば、あるいはもっといいのは——なんとロマンチックなのでしょう——馬にまたがって庭から庭を訪れれば、世界最高の医療図書館があることに気づくでしょう。こう申しあげるのは、この図書館をヨークシャーで見つけ、その一万冊を買いとって、わたしの手と目の下で安全に保管するため自宅へ送ったからです。偉大な内科医と外科医たちがわが家を訪れ、数日か数週間か数か月のあいだ、図書館で暮らします。

それだけではなく、わたしの地所のほかの場所には、世界じゅうの国の偉大な小説を集めた小さな灯台図書館が点在しています。

それだけではなく、偉大なイタリア・ルネッサンス美術史家、バーナード・ベレンソンが羨望で眠れなくなっても不思議のないイタリア風環境があります。つまりわが地所、この大学は、百エーカーにわたって広がった建物の連なりであり、わたしの地所をいちども離れることなく、一生を送れるのです。

週末になれば、プラハ、フィレンツェ、グラスゴー、ヴァンクーヴァーの単科大学《カレッジ》、総合大学《ユニヴァーシティ》、さまざまな学校の学長たちが集まり、わたしのシェフの食事に舌鼓を打ち、わたしのワインを飲み、わたしの本を愛でるのですよ」

彼は多くの本を装幀している革、すばらしい質の製本、内部に使われている紙、書体について語りつづけた。

それだけではなく、彼の数多《あまた》ある学舎《まなびや》を訪れ、牧場を散歩し、腰をおろして、いくら学んでも学びきれない環境で読書できれば、どれほどすばらしいかを語った。

「そこへ行けば学んだも同然ですよ。いまわたしはパリへ向かうところで、そこから鉄道で南下し、船でスエズ運河を抜けてインド、香港、東京へ行きます。さらに二万冊にのぼる美術史と哲学と世界旅行の書が、それら遠方の地でわたしを待っています。その未来の宝に手がかかろうとしているいま、わたしは明日を待つ小学生のようにそわそわしているのです」

われらが弁護士の友は、とうとう語りおえたようだった。

サラダがさげられ、デザートがすみ、最後のワインが飲まれていた。

彼はわたしたちの顔をじっと見つめた。まるでわたしたちがなにかいい出すのでは、と思っているかのように。

たしかに、思いついたことはたくさんあり、わたしたちは口を開く機会をうかがっていた。

しかし、わたしたちが口を開く間もなく、弁護士がふたたびウェイターを呼び、ブランデーをダブルで三杯注文した。妻とわたしは遠慮したが、彼は手をふってとりあわなかった。わたしたちの前にブランデーが置かれた。

彼は立ちあがり、勘定をたしかめると、支払いをし、長いこと立っていた。そのうちに彼の顔から血の気が引いていった。

「最後にひとつだけ知りたいことがあります」とうとう彼がいった。

彼は一瞬目を閉じた。目をあけたとき、光は消えていた。彼は頭のなかにある百万マイル離れた場所を見つめているように思えた。

彼は自分のブランデーをとりあげ、両手でささえ、とうとういった。「最後にひとつ教えてください」

いったん言葉を切ってからつづける。

「なぜわたしの三十五歳になる息子は、自分の妻を殺し、自分の娘の命を奪い、自分は首を吊ったのでしょう?」

彼はブランデーを飲み、まわれ右すると、ひとこともいわずに、船の食堂をあとにした。

妻とわたしは、目をつむって長いことすわっていた。やがて、われ知らずのうちに、わたしたちの手が動きだし、わたしたちを待っているブランデーに触れるのを感じた。

エピローグ——R・B、G・K・C&G・B・S
永遠《とわ》なるオリエント急行

Epilogue: The R.B., G.K.C.,

and G.B.S. Forever Orient Express

1996—1997

そしてわたしの命がつきるとき、この夢はほんとうに
ショーとチェスタトンとわたしを楽しませるだろうか?
おお、栄えある主よ、願わくは
わたしたちがおしゃべりしながら
つんのめるほど急いで、永遠を漕ぎくだり
眠らずにしゃべりつづけ、昼が果てしなくつづかんことを。
チェスタトンの夜のツアー、ショー急行、
ロンドンで碩学《せきがく》たちが物見遊山の服をまとい
ひとりまたひとりと鉄道の蒸気を切り開くのは
わたしの真昼と真夜中の夢をへめぐるため。
最初にショーが到着し　わたしにビスケットの缶を手わたす
「とっておきたまえ、きみ」と彼は叫ぶ。「乗った、乗った!」

その声は純粋な〈生命力〉の裁き主にして〈人類の造り主〉。
G・Kが乗りこみ　ショーと車掌のわきを通る。
こんど列のうしろを走るのはディケンズ、併走するはトウェイン。
「待ってくれ！」とマークが叫ぶ。するとディケンズが――「その汽車を止めろ！」
「止まってるぞ」とショーが鼻を鳴らし、
「その頭に脳味噌は詰まっているのかね？　乗りたまえ！」
これが主の下された最後の御命令となり
わたしたちは押し合いへし合い　おたがいの機知に直面する
ショーは彫像さながら集団のどまんなかに陣取り
舌を駆使してゲームをはじめ
彼が咳払いするだけで　わたしたちは足をひきずって歩くはめになる。
つぎに到着するのは毛皮をまとったポオ、雪にそなえた服装は
行く先々で冷たい疾風が彼に悪ふざけを仕掛けるから、
遠くに見えるは広く青白い額の月
夜明けに沈むが　正午には昇る月。
チャールズ・ディケンズは茫然自失、だが、トウェインは叫ぶ、「元気な男《マン・アライヴ》！」
G・ショーとG・Kは盲目、そのとき死神が到着し
わたしひとりが青白いエドガーの旋律を耳にする

彼の青白い心臓の鼓動は　こだまするアビの鳴き声なのだ。
とそのとき　ずる賢い何かが道をやってくると
ワイルドがひらりと飛び乗り、その太鼓は紫に染まっている。
そしてメルヴィル、ラドヤード・キプリングも歩きまわる。
鯨のハーマンの白、キムの刻みつけるインドの色合い、
つぎに汽車に乗りこむのは、奸智に長けた小人ラッセル卿
その頭脳をおさめるため、山高帽は特大で
ショーとチェスタトンに議論をふっかける
かたやポオはしかめ面で沈黙を守り、彼らの帽子をいじって
彼らの方針をあらためさせ、それぞれの心を曲げさせる
かたや湯気を立てているキプリングの盲人の国。
ああ、謹聴！　彼らの話は黄金で、ブリキはめったに混じらない
退屈かって？　とんでもない！　神はその罪を妨げられたのだ！
詩神《ミューズ》が研いだ舌は　剃刀の切れ味の機知を生み
ショーが夢中で語るうち　誇り高きラッセル卿は坐し
控えめな鼠であるわたしは　唇に錠をかけ
道中ひとことたりとも口にせず、
天にも昇る気持ちで隠れている――思想の連なり《トレイン》で夜を動かす

これら碩学のあいだに押しこまれ、
車輛と車輛が連結し　一輛ごとに明るくなる
そしてこの新星《ノヴァ》、あの古いハレーの星、
一光年の彗星が　燃えあがって視界をよぎる。
われらが鉄道学校に　夜を徹して教えるために。
彼らの哲学的なパン屑を　わたしは拾って食べるのだ、
ショーのしゃっくり？　いやはや、ご馳走だ！
かたやポオは、彼らが荒れれば荒れるほど静かになり、
その雪白の月めいた額が青ざめ、舌は動かなくなる、
しかし　わたしはそれがうれしい、彼らがさまようあいだ
ポオの目とわたしの目が　意地悪な冗談をやりとりするのだから、
ポオの継ぎ目のほころびに　隠れている黒猫が見え
彼の頭は〈振り子〉、彼の胸は〈陥穽〉、
おし黙ったポオの目のなかに　不吉なアッシャー家の沈むのが見え、
われらが寵児たる作家たちが酒を酌み交わすあいだ
騒々しいショーとＧ・Ｋは　たがいをとがめるのだろうか？
ポオいわく――アモンティリャードかね？　ここに樽がある、
その鐘に帽子をかぶせたまえ、かたや小生はモルタルを混ぜ

この狂人たちを煉瓦の部屋に隠匿するよ。
こうして恥じたわたしが、混乱しきり、沈黙を守るなか
これら天使の魂たちが　その翼を拡げるのだ。
空気をたたくのは　これら空飛ぶ山羊たちで
喉に音楽を宿らせて、跳んだりよじ登ったり、
なんとすてきな魔法！　彼らの無駄口に聞き入りたまえ！
彼らの機関車の雷鳴が　われらが車輛を揺さぶるのだ。
駅から伝わってくる音は、　混じりに混じった
これら栄えある〈六人〉からの　ガンガン鳴り響く金属音。
彼らの会話が　おしゃべりをわたしに降りかからせ
やがてショーが〈真実〉に達する点まで怒りまくる、
つづいてチェスタトンが　偉大なりし〈われ〉について弁じたて
お茶とタルトはひきもきらない（最後はジャムで）。
そしてひとり黙《もだ》すは、いまや目撃者のポオ。
冬の雪のなかで死んでいる自分を夢見るのか？
批評家が眠りこんでいるうちに　メルヴィルは陸《おか》で命を落とし
かたや乞食のワイルドは　パリの砦で飢《かつ》える。
おお　これら魂の生存者たちよ、なにゆえにそうなのか？

当時の賢人たちは　わたしたちがいま知ることを知らなかったのか？
だから〈鯨〉をくるものの　その大きさはとんと知らず
ポオを測るものの　めったに褒美をあたえないのか？
ワイルドを笑う者は　いまあなたを笑うにちがいない。
わたしはしばしば首をひねる　批評家はなにをしているのか、と。
彼らが読むのは知っているが　考えるのだろうか？
わたしがワインをなめるあいだ　彼らはほかの酒を飲む、
しかし　その源泉はまったく同じなのだ、そうすると
叡智はわたしのほうに多くあるのか？
わたしが読む本を　肩をすくめた彼らが放り捨て
復活の日まで埋めてしまう。
この友人たちを文学の墓場から呼びだすのはなにか？
ひとつの声、ひとつの愛、ひとつの夜、ひとつの孤独な部屋
そこでは　ページをめくったわたしが　激しい欲求に駆られ
駆けだして　焦げた本を火からかっさらうのだろうか？
おお　親愛なるポオ、退出するなかれ。ワイルド氏よ
ドリアンとともに起きあがり　この子供をじらしたまえ
身の毛のよだつ物語で　この少年をふたたび喜ばせたまえ、

そしてハーマン、輩《ともがら》の〈鯨〉に付き従いたまえ。
わたしは冷笑的な疑いで　あなたを撥ねつけもしなければ
追いだしもせず　あの偉大な白いものを殺すつもりもない。
貨物車でドリアン、画布《キャンヴァス》の幽霊が待つあいだ、
お茶を飲んでいるワイルドが舌を噛み　ショーに自慢げに話をさせる。
やがてオスカーが切りかかり　適語《モ・ジュスト》を投げると
笑い声がさざめき　一陣の風が彼を襲う。
作家たちは吼えたけり、顔を輝かせ、
彼らの大げさな話はビールにすぎず、かたやワイルドの話はワインなのだ。
ついに親愛なるエドガーが咳払いし　重い口を開く、
そのアッシャーの声は　迷って弱った冬であり、
その暗い心臓は　われらが客車の床下で鼓動し、
汽車の煙をむさぼり食う《レイヴン》——もはやなし。
こんどはメルヴィルのほうを向き　彼の〈鯨〉を探す、
あれはなんだ！　ちっぽけなヒメハヤだ！　帆を下ろせ。
批評家はそういうが、メルヴィルの耳に届くだろうか？
耳にして　海を忌み嫌い　いまや棺台の上。
この真夜中の汽車は、行く手のカーヴを曲がる、

エンジンは不気味に青白く、ぼんやりと浮かびあがる恐怖そのもの、
それでも　すべてが失われたわけではない、陸だろうと海だろうと
老モビーは追う者を追いかけ　わたしを呼びよせるのだから。
わたしたちはこのすべてを疑うが　窓ガラスに群がって見張る
セント・エルモの火をかきまわし、動きまわるあの白いものを、
その叫びが聞こえるか？　いやはや、なんたる音！
神のごとき海の音が近い、われわれはみな溺れる。
夜のとばりが降りるあいだ　老モビーにひっぱられて、
悲痛の列車は、わめきながら進む。
「おお、莫迦な！」とショーがいい、居住まいを正して、わたしたちをのけぞらし、
「線路を走っているのは産業革命だ！」
〈野獣〉よりははるかにまし。わたしたちはすわって食べ、
お茶を飲み、ビスケット、丸パン、あるいはブリオッシュをつまむ。
かたやキプリングが思い出をカレーにするとき
彼のキムは土ぼこりのなかで太鼓をたたき　もどってくる、
そしてカアは蛇の帝王として羨望され、
モーグリは狼とともに遠吠えして　あたりを揺るがす。
月、そしてわれらが汽車に合わせつつ、われらが心臓が歌うのは――

然り！　キプリングこそわれらが〈王になろうとした男〉！
そのときあまりにも早く、夜が明けて太陽が燃えあがり、
眠りに栓をしたり、あくびを分かちあう暇もない、
終わりなのだ、見たまえ、曲がり角の向こうを、
終着駅だ！　本の終わる駅だ。
そして作家たちが降りて立ち去り　別れを告げる、
わたしはそう考えはじめ　泣きはじめる。
いまや籐をガサガサいわせて神々が起きあがり、
その栄光がわたしの胸を張り裂けさせ　わたしの目にひび割れを生じさせる。
搏動をくぐもらせた汽車が　平和を耳にし、
シューッと音をたてて止まる、地の果ての失われた時駅で、
そこで言葉は　人生のまたべつなひと息なのだ、
いまや木立は鳥たちの文学に満ちている。
ショーが最初に飛びおり、チェスタトンがすぐあとにつづく
そしてキプリングがウインクし　わたしの目から涙をふきとる。
つづいて、葬儀のごとく、ポオ氏がやってくる
白ずくめ、真っ白い顔のメルヴィルとともに。
ポオは無言でわたしの手を握り、「さらば」も

わが友人たちは去り、わたしはもうしばらく佇んで、
なぜこれがそうなのか？　なぜなら、このわたしがそうだというから。
夜を徹して　ありったけのうれしい知識を吠えたてるのだ。
街々だけで速度をゆるめ　進み
旅する夜汽車は　ほかの作家たちが栄えている
ほかの子供が彼らと旅するのだから、
彼らは失われてもいなければ　死んでもいない、ここでは、あくる日、
おお、そうだ！　なんと立派な！　わたしのなかで喜びの火がつく！
この場所はなんだ？　海辺の書店か？
メルヴィルは陸の上で迷い　ひとり遅れてのろのろと。
そして彼らは駅のまわりをそぞろ歩く、
笑いころげて、わたしの頰をはたき、「達者でな」
わたしの顎をトウェインがくすぐる、彼は太陽さながら
あたかも本気でさよならをいうかのように」
「これは特別な機会だ」と彼はいう。「さらばを告げるとしよう
荷物をまとめ　つづいて叡智のケースを詰めなおし、
かたやしんがりのオスカーは、いまも車内にすわり
「もはやなし」もいわず　すべるように去っていく。

岸辺に点々とつづく彼らの足跡を眺め、
影に手をふり、汽車に乗りこむ。
わたしはむせび泣く　彼らの同類は二度とあらわれないから。
しかし　潮騒の響く海辺で　ひとつたしかなことを知っている――
彼らの死は小さくなり、言葉がわたしをふたたび満たす。
寂しい車輌に乗って岸辺を走りながら、
彼らの本を大きく開けば　彼らはそこにいるのだから！

特別収録エッセイ

連れて帰ってくれ

Take Me Home

2012

七つか八つのころ、わたしはＳＦ雑誌を読みはじめた。イリノイ州ウォーキーガンで祖父母が経営していた下宿屋に下宿人たちが持ちこんだものだった。当時はヒューゴー・ガーンズバックが、〈アメージング・ストーリーズ〉を発行していた。その色あざやかで、息を呑むほど想像力ゆたかな表紙絵は、わたしの飢えた想像力の糧《かて》となった。それからまもなく、一九二八年にバック・ロジャーズが登場したとき、わたしのなかの創造力というけものは成長した。どうやら、その秋、わたしはすこし気がふれていたようだ。あれほどガツガツと物語を貪《むさぼ》ったのは、そうとしかいいようがない。丸一日を感激で満たすほどの熱狂は、その後の人生ではめったにお目にかかれるものではない。

いまふり返ると、友人や親戚にとって、自分がどれほど厄介者であったかがわかる。つぎからつぎへと熱をあげ、有頂天になり、心酔し、ヒステリーを起こしたのだ。わたしはいつもどこかで大声をあげて走っていた。まさにその午後、人生が終わってしまうのではないかと心配だったのだ。

つぎの狂気は一九三一年、ハロルド・フォスターのカラー漫画が新聞の日曜版にはじめて連載されたときに生じた。原作はエドガー・ライス・バローズの《ターザン》シリーズ。それと同時に、わたしはとなりにあるバイオン叔父の家で、《火星》シリーズを発見した。その当時、バローズがわたしの人生に衝撃をあたえなかったとしたら、『火星年代記』はけっして生まれなかっただろう。

わたしは《火星》シリーズと《ターザン》シリーズを片っ端から暗記し、祖父母の家の前の芝生にすわって、わざわざ腰をおろし、耳をかたむけてくれる人がいれば、だれにでもその物語を話して聞かせた。夏の夜にはその芝生へ出ていき、火星の赤い光に手をのばして、「連れて帰ってくれ！」といったものだ。飛び去って、そこへ着陸したくてたまらなかった。奇妙な砂塵が、干あがった海底を越え、古代都市へ吹きよせているそこへ。

地上に縛りつけられているあいだは、時間旅行をしたものだった。温かい夜に、外の芝生やポーチに集まって、言葉を交わしたり、追憶にふけったりするおとなたちの話に耳をかたむけたのだ。独立記念日の終わり、つまり叔父たちが葉巻をふかし、哲学談義に花を咲かせたあと、叔母や甥やいとこたちがアイスクリーム・コーンを平らげ、レモネードを飲みほしたあと、そして花火を残らず打ち上げたあとは、特別なとき、悲しいとき、美しいときだった。それは火気風船《ファイア・バルーン》のときだった。

その年齢であっても、わたしはものごとの終わりを理解しはじめていた。この美しい紙の明かりのようなものだと。わたしはすでに祖父を失っていた。わたしが五歳のとき、永遠に去ってしまったのだ。祖父のことはよく憶えている――わたしたちふたりは、ポーチの前の芝生に立ち、二十人の親戚から成る観客を前にしていた。そして紙風船は、最後の一瞬、わたしたちのあいだにとどまった。熱せられた空気をはらんで、いまにも飛び立ちそうにして。

わたしは祖父を手伝って箱を運んだ。そのなかには、か弱い精霊のような薄紙の幽霊、つまり火気風船がはいっていて、息を吹きこまれ、ふくらまされ、真夜中の空へ向けて放たれるのを待っていた。祖父は司祭長、わたしはその祭壇奉仕者だった。わたしは赤白青の三色縞のはいった紙風船を箱からとりだすのを手伝い、その下にぶらさがった干し藁の小さなカップに祖父が火をつけるのを見まもった。いったん火がつくと、内部の温まった空気が上昇するので、風船は小さな音をたててふくらんだ。

しかし、わたしは風船を放せなかった。内部で光と影が踊っているそれは、あまりにも美しかった。祖父がわたしに目配せし、そっとうなずいたときになって、ようやくわたしは風船を手放した。それは家族の顔を照らしながら、ポーチをかすめて昇っていった。リンゴの木の上へ舞いあがり、眠りにつきはじめた街を見おろし、星空をよぎっていった。

わたしたちは風船が見えなくなるまで、すくなくとも十分は見送った。そのときには、わたしの顔を涙が流れおちていて、祖父は、わたしのほうを見ずに、とうとう咳払いして、よろよろと歩きだすのだった。親戚たちは家のなかへはいるか、芝生をまわって自分たちの家へ帰るかしはじめ、とり残されたわたしは、花火の硫黄のついた指で涙をぬぐうのだった。その夜遅く、わたしは火気風船がもどってきて、窓辺にただよう夢を見た。

二十五年後、わたしは「火の玉」(原題は"The Fire Balloons")を書いた。数多くの司祭が、善意の生きものを探しに火星まで飛んでいく話だ。それは、祖父が健在だったころの夏に捧げるわたしの貢ぎものなのだ。司祭のひとりは祖父に似ていた。わたしは祖父を火星に置き、美しい風船をふたたび目にするように仕向けたのだ。しかし、こんどの風船は火星人で、まばゆく燃えあがり、干あがった海の上をただよっていたのである。

単行本版訳者あとがき

　ここにお届けするのは、レイ・ブラッドベリの最新短篇集 *The Cat's Pajamas* (William Morrow, 2004) の全訳である。

　作者について長々しい説明は不要だろう。パルプ・マガジンと呼ばれる低級な娯楽雑誌にホラーやSFを書く作家として出発しながら、その巨大な才能でジャンルの壁を乗り越え、ついには二十世紀後半のアメリカ文学を代表するひとりとなった人物だ。一九二〇年生まれというから、とうのむかしに八十の声を聞いたわけだが、いまだに健筆をふるいつづけている。月なみないいかたになるが、ブラッドベリにとって「書くこと、すなわち生きること」なのだろう。

　そんなブラッドベリが八十三歳のときに上梓したのが本書。序文につづいて二十一の作品がおさめられている。そのうち既発表の作品は二篇（あるいは三篇。この点については後述する）だけで、残りははじめて公《おおやけ》になる作品ばかりだったのだから、ファンにとってはうれしい贈りものといえる。

ただし、未発表作品すべてがバリバリの新作というわけではない。各篇の扉に付された制作年を見ればわかるが、二〇〇三年から〇四年にかけて書かれた新作と、一九四六年から五二年にかけて書かれた旧作が、ほぼ半々の割合でおさめられているのだ（ただし、例外が二篇ある）。

じつは旧作の蔵出しと新作のカップリングは、近年のブラッドベリの短篇集に共通して見られる特徴だ。具体的に名前をあげれば、『瞬きよりも速く』（一九九六・ハヤカワ文庫SF）、『バビロン行きの夜行列車』（一九九七・角川春樹事務所）、*One More for the Road*（2002／註1参照）、そして本書となる。

どうしてそういうことになったかというと、ブラッドベリが何十年も週に一作の割合で短篇を書いてきたことに原因がある。当然ながら、お蔵入りになるケースもあり、そうした作品は長いあいだブラッドベリの仕事部屋の隅で眠っていた。正確にいえば、行方知れずになっていた。というのも、ブラッドベリはものを溜めこむ質《たち》なので、仕事場は大量のものがあふれ、収拾がつかなくなっていたのだ。それを整理し、貴重な原稿を発見したのが、本書の献辞に名前のあがっているドン・オルブライトだ。オルブライトはブラッドベリに仕事場の鍵をあずけられるほど信頼の厚い友人で、ほぼ完璧なブラッドベリ書誌を作成している書誌学者。彼の尽力で、黄金期のブラッドベリの貴重な原稿が、つぎつぎと陽の目を見ているというしだい。このあたりの事情をブラッドベリ自身はこう語っている——

「当時はマーケットに作品をあふれさせたくなかったんだ。だから、たくさんの作品を書きあげたまましまいこんでしまった。やがてドンが、ありがたや、一篇ずつ掘りだしてくれた。おかげでわたしは子供たちをとりもどせたよ！」

献辞の話が出たついでに書いておけば、最初に名前のあがっているマギーは、ブラッドベリと五十七年連れ添った愛妻マーガリートのこと。二〇〇三年十一月二十四日に肺癌で亡くなった。その前後の事情はブラッドベリの序文にくわしい。

つぎに名前のあがっているスキップは、ブラッドベリより四つ年上の兄レナードのこと。二〇〇四年四月三日に老衰で亡くなった。兄弟は年をとってからも仲がよく、水曜日と土曜日には電話で話をしていたという。

最愛の人をたてつづけに亡くしたブラッドベリは、「まわりのみんなが死んでいく」と悲痛な言葉を漏らしているが、そういいたくもなるだろう。なにしろ二〇〇一年には『塵よりよみがえり』（二〇〇一・河出文庫）に登場する魔女セシーのモデルとなった敬愛する叔母ネヴァを失い、二〇〇四年には古くからの友人で、最初のエージェントだったジュリアス・シュワーツを亡くしているのだ。世の習いとはいえ、年齢とともに忍び寄ってくる死の影を意識しないわけにはいかないだろう。そういうブラッドベリの心情が、本書にも暗い影を落としているのはたしかだ。

もっとも、ブラッドベリの身辺には不幸ばかりが起こっているわけではない。二〇〇〇年には「アメリカ文学への卓越した貢献」を認められ、ナショナル・ブック・ファウンデーションからメダルを贈られた。二〇〇二年には「文学、SF映画、TVへの貢献」が認められ、ハリウッド大通りのウォーク・オブ・フェイムに銘板が埋めこまれた。二〇〇四年には文学者として最高の栄誉ともいえるナショナル・メダル・オブ・アーツを受けた。これはわが国の文化勲章に相当するもので、受賞者はホワイト・ハウスで大統領自身からメダルを授与される。そのときの公式コメントは、『火星年代記』（一九五〇・ハヤカワ文庫SF）と『華氏四五一度』（一九五三・同前）の名をあげ、ブラッドベリを「現役最高のアメリカ人SF作家」と讃えていた。さらに二〇〇七年にはピューリツァー賞委員会に特別表彰された。「比類なきSFとファンタシーの作家」としてのキャリアが高く評価されたのである。

まさに功成り名を遂げたわけだが、冒頭に書いたように、ブラッドベリの創作意欲はいっこうに衰える気配がない。本書以降にかぎっても、二〇〇五年には未発表作が三分の一を占めるエッセイ集 *Bradbury Speaks*、二〇〇六年には名作『たんぽぽのお酒』（一九五七・晶文社）の続篇で、完成に五十五年を要した長篇『さよなら僕の夏』（晶文社）、二〇〇七年には書き下ろし中篇二篇を合わせた *Now And Forever : Somewhere a Band Is Playing & Leviathan '99*（註2参照）を上梓しているのだ。十二歳のとき、カーニヴァルの芸人ミスター・エレクトリコに「永遠に生きよ！」と命じられた少年は、いまもその命令を忠実に遂行しているのである。

さて、収録作については、ブラッドベリ本人が序文であらかた語ってくれているが、書誌情報を中心にすこしだけ補足をしておこう。

まず既発表の二篇（あるいは三篇）について。

一篇はミステリ専門のパルプ・マガジン〈ニュー・ディテクティヴ・マガジン〉一九四六年十一月号に発表された「用心深い男の死」。既訳は二種類あり、伊藤典夫訳が「昼さがりの死」の題で〈幻想と怪奇〉一九七四年十月号、日本オリジナルの短篇集『十月の旅人』（一九七四・大和書房→一九八七・新潮文庫）に収録されたほか、仁賀克雄訳が「用心深い男の死」の題で初期ミステリ作品集『悪夢のカーニバル』（一九八四・徳間文庫／註3参照）に収録されていた。

もう一篇はミステリ雑誌〈ザ・ストランド・マガジン〉二〇〇三年十二月号に発表された「ルート66」。訳者の監修でレイ・ブラッドベリ特集を組んだ〈SFマガジン〉二〇〇六年一月号に拙訳が掲載された。

問題のもう一篇は「趣味の問題」。序文にもあるように、この短篇はブラッドベリ原案のユニヴァーサル映画「イット・ケイム・フロム・アウタースペース」（一九五三）へとつながった。この映画に関する資料を集大成した *It Came from Outer Space*（2004）という限定版の豪華本が、本書より三か月前に出ているのだが、じつは本篇もそこに収録されていたのだ。とはいえ、こちらはタイプ原稿をそのまま複写したものなので、これを完成した作品と見るかどうかは意見の分かれるところ。じっさい、両者は文章にかなりのちがいがある。原書の版権表示によると、「趣味の問題」は本書が初出ということになっているから、それが公式見解なのだろう。いずれにせよ、書誌学者泣かせというほかない。拙訳が拙編のアンソロジー『SF映画原作選 地球の静止する日』（二〇〇六・創元SF文庫）に所載。同書の解説で、本篇と映画の関係について添野知生氏がくわしく紹介しているので、ぜひとも参照していただきたい。

ちなみに本篇は最初SF誌〈ザ・マガジン・オブ・ファンタシー・アンド・サイエンス・フィクション〉に送られた。しかし、編集者のお眼鏡にかなわず、書き直しを命じられた。その旨を伝える編集者J・フランシス・マッコーマスの手紙が前記豪華本に載っているのだが、それによると同僚編集者アンソニー・バウチャーが蜘蛛好き《アラクニファイル》で、本篇の前提を説得力不足と断じたとのこと。ともあれ、地球人の視点で語り直してくれというマッコーマスの要求にブラッドベリは応じず、本篇はお蔵入りになったのだった。

ところで、前記 *It Came from Outer Space* を出したゴーントレットという版元は、ホラー小説専門の小出版社《スモール・プレス》。古くはロバート・ブロック、リチャード・マシスン、新しくはポピー・Z・ブライト、ナンシー・A・コリンズらの作品を豪華な愛蔵版で刊行しているが、ブラッドベリの作品もラインナップの目玉となっている。

たとえば最新刊の *Match to Flame : The Fictional Path to Fahrenheit 451*（2007）は、副題が示すとおりディストピアSFの名作『華氏四五一度』に先行する同じテーマの短篇を集めたもの。ドン・オルブライトが編集にあたっているだけあって、未発表長中篇《ノヴェラ》や未完作品の断片（タイプ原稿の複写）をふくむ充実の内容だが、その副産物として*The Dragon Who Ate His Tail*と題された小冊子を生んだ（もともとは同書の付録として作られたものだが、単体でも購入できる）。この小冊子には、未発表だった表題作をはじめとして、同書に収録が間に合わなかった珍しい作品がおさめられているのだが、そのうちの一篇が、本書に収録された「夜明け前」の初期ヴァージョンだ。「趣味の問題」の場合もそうだが、ブラッドベリが旧作を本書に入れるにあたって、かなり手を入れていることがわかって興味深い。

あとは訳註がわりの蛇足。

「島」のなかで、人数に関する記述に関して理屈に合わないところがある。しかし、辻褄を合わせようとすると、ほかの文章に手を加えなければならなくなる。したがって、これはブラッドベリ一流の誇張表現と解し、あえてそのままとした。

「屋敷」には色とりどりのガラスのはまった窓が出てくるが、これとよく似た窓が短篇集『10月はたそがれの国』（一九五五・創元SF文庫）に収録された佳作「二階の下宿人」（一九四七）で重要な役割をはたしている。

「ジョン・ウィルクス・ブース／ワーナー・ブラザーズ／MGM／NBC葬儀列車」に名前が出てくる、アメリカ独立を助けたフランス人ラファイエットは一七五七年生まれ。ブラッドベリの記述どおり、ジョージ・ワシントンと名づけた息子を連れてアメリカにもどったが、これは一八二四年のことであり、「七十歳」という記述はまちがいになる。だが、登場人物の発言であり、あえて訂正しなかった。ただし、映画の公開年のまちがいは、誤植と同じと判断し、いちいち断らずに訂正した。

「雨が降ると憂鬱になる」に出てくる作家の集まりは、一九四〇年代初頭、ハリウッドにあったロバート・A・ハインラインの家で開かれていた創作合評会をモデルにしていると思われる。エドモンド・ハミルトン、ヘンリー・カットナーをはじめとする当時の一流SF作家が出席していたが、ジャック・ウィリアムスンの口利きで、まだ二十歳そこそこだったブラッドベリもときどき参加を許されていた。師匠にあたるリイ・ブラケットと出会ったのもこの集まりを通じてだった。もっとも、ブラッドベリは騒々しくて厚かましいので、ハインライン夫人には嫌われていたそうだが。

以前にも書いたことだが、ファンタシーやSF好きが高じてこの道に進んだ訳者にとって、ブラッドベリを訳すというのは格別な体験だ。末筆ではあるが、本書を仕上げるのにご尽力くださった編集部の松尾亜紀子氏に感謝を捧げたい。

二〇〇七年十一月

中村融

註

1　『社交ダンスが終った夜に』(二〇〇八・新潮文庫)として邦訳が刊行された。

2　『永遠の夢』(二〇一〇・晶文社)として邦訳が刊行された。

3　一部配列を変えた版が『お菓子の髑髏』(二〇一二・ちくま文庫)として再刊された。

文庫版訳者あとがき

予感がなかったわけではない。今世紀にはいって毎年のように出ていた新作が、二〇〇九年を最後に絶えていたからだ。高齢であり、健康面で不安をかかえているうえ、近親者をつぎつぎと亡くしているとあって、その人が生きる気力を失ったとしても不思議はなかった。

そのいっぽうで、その人との別れが近いことは、頭ではわかっていたのだ。関連書籍が続々と刊行されており、本人がマスコミに話題を提供することも多かったので、まだまだ現役という感も強かった。ひょっとすると、心の底では、その人は永遠に生きつづけると信じていたのかもしれない。だから、その人の訃報に接したとき、じつに複雑な気分に襲われた。

二〇一二年六月五日、レイ・ブラッドベリ永眠。享年九十一。長い闘病の末だったと伝えられる。

驚いたことに、老作家は生きる気力を失うどころか、最後の最後まで執筆意欲を燃やしつづけた。その証拠に、死去の直前には全米屈指の文芸誌に自伝的エッセイを発表している（本書に収録した「連れて帰ってくれ」がそれ）。月並みないい方になるが、ブラッドベリにとって「書くこと、すなわち生きること」であったのだろう。

ともあれ、訃報が流れると、スティーヴン・スピルバーグやスティーヴン・キングを筆頭とするトップ・クリエイターたちがいち早く哀悼の意を表し、ホワイト・ハウスが公式声明を出すにいたって、その存在の大きさをあらためて思い知らされた。ちなみに、ホワイト・ハウスの声明は、「彼のストーリーテリングの才能は、われわれの文化の新生面を開き、われわれの世界を拡大した」というものだった。

私事になるが、ブラッドベリの死を知ったとき、不思議と悲しみは湧いてこなかった。長いあいだ読みつづけてきた作家だし、近年は翻訳という形でその作品と格闘したので、人生の一部がもぎとられたような気がしたが、意外にも前向きな気分に襲われたのだ。

理由は大きくいってふたつある。

ひとつには、ブラッドベリの肉体が滅んでも、その作品は生きつづけると知っていたから。ブラッドベリの本を開けば、彼はいつもそこにいるのだ。なにが変わるわけでもない。これまでどおり、ブラッドベリの作品を読んでいけばいい。再読、三読するべき本がいくらでもあるじゃないか。

ひとつには、よくぞここまで長生きした、と賛嘆の念をおぼえたから。すでに記したように、近年のブラッドベリは、最愛の妻、兄、恩人といった人々に加え、年下の友人を亡くすようになっていた。その心中は察してあまりある。だが、ブラッドベリは脳卒中の後遺症と闘いながら、執筆活動をつづけたのだ。家族や友人に見まもられながら、息を引きとる瞬間まで、命の火をともしつづけようとしたのだ。悲しみよりも尊敬が先に立つのも当然だろう。

生前のブラッドベリはこんなことをいっていた――「わたしをしあわせな気分にしてくれるのは、いまから二百年後、火星でわたしの本が読まれると知っていることだ。大気のない死んだ火星に、わたしの本は存在するだろう。そして深夜、懐中電灯を持った小さな男の子が、毛布をかぶって『火星年代記』を読むだろう」

十二歳のとき、カーニヴァルの芸人に「永遠に生きよ！」と命じられた少年は、その命令を忠実に実行したのである。

私事をもうすこし書かせてもらいたい。

訳者はいまでこそブラッドベリ・ファンを公言しているが、最初からそうだったわけではない。生意気盛りの中高生のころは、ノスタルジアを前面に押しだした作風がピンとこず、「ブラッドベリなんて甘っちょろい」とうそぶいていた。三島由紀夫がブラッドベリの詩情を「ヒヨワでヘッポコな三文詩人の感性」と評しているのを知ったときは、百人力を得たような気がしたものだ。

それでもマニアの性《さが》というべきか、大物作家の作品はひと通り読まなければいけないと思っていたので、ブラッドベリの作品も目につくかぎりは読んでいた。そうやって、つかずはなれずブラッドベリの作品とつきあっているうちに、だんだんその良さがわかってきた。繊細な文章のすばらしさや、胸を締めつけるような郷愁を理解できるようになってきたのだ。二十歳をとっくに越えていたころの話だ。

考えてみれば、これは当たり前。過去がノスタルジアの対象となるには心理的な距離が必要だが、十四、五歳の少年にはその距離が欠けているのだから。ブラッドベリの作品に熱中するのは若いころに罹《かか》るはしかのようなもの、という人がいるが、じつはその逆で、ある程度の年齢を重ねないと、そのすばらしさを玩味できないように思える。

ついでにいえば、過去を断ち切って現在のみに生きようとする人間、逆に過去に執着して現在を拒否する人間もブラッドベリの美質を理解できないだろう。ノスタルジアとは、過去をよみがえらせ、そこから安らぎを得ることで、現在をゆたかにしようとする心理作用なのだから。そのためには記憶力が必要であり、必然的にブラッドベリの作品では、記憶と時間が特権的な地位を占めることになる。

それを象徴するのが、ブラッドベリの作品に頻出するタイム・マシンだ。しかも、機械にとどまらず、過去の記憶をかかえて生きている人間や、過去の事物をためこんでいる屋根裏部屋もタイム・マシンと呼ばれていることに留意されたい。ここにブラッドベリの想像力の特質が見てとれる。端的にいえば、「科学技術のイメージ」である。

じつは、作家ブラッドベリを作りあげたのは、なによりも二十世紀の科学技術であり、二十世紀の大衆文化だった。ロケット、ロボット、核戦争、ＴＶ、ラジオ、テレパシー、恐竜、映画、アニメーション、パルプ雑誌、コミックス……。ブラッドベリの作品を特徴づける要素は、いずれも二十世紀の科学技術と大衆文化に深く根ざしたものだ。「科学技術そのもの」ではなく、「科学技術のイメージ」といってもいい。したがって、その非科学的なところをふくめて、ブラッドベリは科学時代の産物だった。

たとえば、ブラッドベリにとって、ロケットは宇宙船であると同時に独立記念日の花火であり、火星は赤い惑星であると同時に開拓期の西部や古代エジプトであった。つまり、ブラッドベリにとって「科学技術のイメージ」は、未来と過去を同時に体現するメタファーであり、文明批評とノスタルジアを溶けあわせる魔法の杖であったのだ。作家ブラッドベリ成功の裏には、こうしたメタファーを発見する能力があったにちがいない。

多くの人にとって、それらはガラクタにすぎないかもしれない。だが、ブラッドベリ本人がいっている——「ガラクタの集まった山、それがわたしだ。でも、それは高々と炎を吹きあげて燃えるんだよ」

最後に書誌的なことを少々。

本書は、二〇〇八年に河出書房新社から刊行された短篇集『猫のパジャマ』に、ブラッドベリの絶筆となったエッセイ「連れて帰ってくれ」を合わせて文庫化したものである。

「連れて帰ってくれ」“*Take Me Home*”の初出は、SF特集を組んだ〈ニューヨーカー〉

二〇一二年六月四日号。とはいえ、じっさいの発売は発行日より前なので、逝去の前日に発表されたわけではない。勘違いのないように付記しておく。

文庫化にあたっては、単行本に引きつづき、編集部の松尾亜紀子氏のお世話になった。末筆になったが、厚くお礼を申しあげる。

中村融

二〇一三年十一月

本書は二〇〇八年一月、小社より刊行された
『猫のパジャマ』を文庫化したものです。

猫《ねこ》のパジャマ

二〇一四年 一 月二〇日 初版発行
二〇二四年 五 月一〇日 新装版初版印刷
二〇二四年 五 月二〇日 新装版初版発行

著　者　R・ブラッドベリ
訳　者　中村融《なかむらとおる》
発行者　小野寺優
発行所　株式会社河出書房新社
〒一六二―八五四四
東京都新宿区東五軒町二―一三
電話〇三―三四〇四―八六一一（編集）
〇三―三四〇四―一二〇一（営業）
https://www.kawade.co.jp/

ロゴ・表紙デザイン　粟津潔
本文フォーマット　佐々木暁
本文組版　KAWADE DTP WORKS
印刷・製本　中央精版印刷株式会社

Printed in Japan ISBN978-4-309-46799-3

塵よりよみがえり

レイ・ブラッドベリ　中村融〔訳〕　46257-8

魔力をもつ一族の集会が、いまはじまる！　ファンタジーの巨匠が五十五年の歳月を費やして紡ぎつづけ、特別な思いを込めて完成した伝説の作品。奇妙で美しくて涙する、とても大切な物語。

輝く断片

シオドア・スタージョン　大森望〔編〕　46344-5

雨降る夜に瀕死の女をひろった男。友達もいない孤独な男は決意する——切ない感動に満ちた名作八篇を収録した、異色ミステリ傑作選。第三十六回星雲賞海外短編部門受賞「ニュースの時間です」収録。

海を失った男

シオドア・スタージョン　若島正〔編〕　46302-5

めくるめく発想と異様な感動に満ちたスタージョン傑作選。圧倒的名作の表題作、少女の手に魅入られた青年の異形の愛を描いた「ビアンカの手」他、全八篇。スタージョン再評価の先鞭をつけた記念碑的名著。

たんぽぽ娘

ロバート・F・ヤング　伊藤典夫〔編〕　46405-3

未来から来たという女のたんぽぽ色の髪が風に舞う。「おとといは兎を見たわ、きのうは鹿、今日はあなた」……甘く美しい永遠の名作「たんぽぽ娘」を伊藤典夫の名訳で収録するヤング傑作選。全十三篇収録。

ハローサマー、グッドバイ

マイクル・コーニイ　山岸真〔訳〕　46308-7

戦争の影が次第に深まるなか、港町の少女ブラウンアイズと再会を果たす。ぼくはこの少女を一生忘れない。惑星をゆるがす時が来ようとも……少年のひと夏を描いた、ＳＦ恋愛小説の最高峰。待望の完全新訳版。

パラークシの記憶

マイクル・コーニイ　山岸真〔訳〕　46390-2

冬の再訪も近い不穏な時代、ハーディとチャームのふたりは出会う。そして、あり得ない殺人事件が発生する……。名作『ハローサマー、グッドバイ』の待望の続編。いますべての真相が語られる。

人みな眠りて

カート・ヴォネガット　大森望〔訳〕　46479-4

ヴォネガット、最後の短編集！　冷蔵庫型の彼女と旅する天才科学者、殺人犯からメッセージを受けた女性事務員、消えた聖人像事件に遭遇した新聞記者……没後に初公開された珠玉の短編十六篇。

パワー　上　西のはての年代記Ⅲ

ル＝グウィン　谷垣暁美〔訳〕　46354-4

〈西のはて〉を舞台にしたファンタジーシリーズ第三作！　少年奴隷ガヴィアには、たぐいまれな記憶力と、不思議な幻を見る力が備わっていた——。ル＝グウィンがたどり着いた物語の極致。ネビュラ賞受賞。

パワー　下　西のはての年代記Ⅲ

ル＝グウィン　谷垣暁美〔訳〕　46355-1

〈西のはて〉を舞台にした、ル＝グウィンのファンタジーシリーズ、ついに完結！　旅で出会った人々に助けられ、少年ガヴィアは自分のふたつの力を見つめ直してゆく——。ネビュラ賞受賞。

いまファンタジーにできること

アーシュラ・K・ル＝グウィン　谷垣暁美〔訳〕　46749-8

『指輪物語』『ドリトル先生物語』『少年キム』『黒馬物語』など名作の読み方や、ファンタジーの可能性を追求する評論集。「子どもの本の動物たち」「ピーターラビット再読」など。

終わらざりし物語　上

J・R・R・トールキン　C・トールキン〔編〕　山下なるや〔訳〕　46739-9

『指輪物語』を読み解く上で欠かせない未発表文書を編んだ必読の書。トゥオルの勇姿、トゥーリンの悲劇、ヌーメノールの物語などを収録。

終わらざりし物語　下

J・R・R・トールキン　C・トールキン〔編〕　山下なるや〔訳〕　46740-5

イシルドゥルの最期、ローハンの建国記、『ホビットの冒険』の隠された物語など、トールキン世界の空白を埋める貴重な遺稿集。巻末資料も充実。

銀河ヒッチハイク・ガイド

ダグラス・アダムス　安原和見〔訳〕　46255-4

銀河バイパス建設のため、ある日突然地球が消滅。地球最後の生き残りであるアーサーは、宇宙人フォードと銀河でヒッチハイクするはめに。抱腹絶倒ＳＦコメディ「銀河ヒッチハイク・ガイド」シリーズ第一弾！

宇宙クリケット大戦争

ダグラス・アダムス　安原和見〔訳〕　46265-3

遠い昔、遙か彼方の銀河で、クリキット軍の侵略により銀河系は絶滅の危機に陥った——甦った軍を阻むのは、宇宙イチいい加減なアーサー一行。果たして宇宙は救われるのか？　傑作ＳＦコメディ第三弾！

さようなら、いままで魚をありがとう

ダグラス・アダムス　安原和見〔訳〕　46266-0

十万光年をヒッチハイクして、アーサーがたどり着いたのは、八年前に破壊されたはずの地球だった!!　この〈地球〉の正体は⁉　大傑作ＳＦコメディ第四弾！……ただし、今回はラブ・ストーリーです。

ほとんど無害

ダグラス・アダムス　安原和見〔訳〕　46276-9

銀河の辺境で第二の人生を手に入れたアーサー。だが、トリリアンが彼の娘を連れて現れる。一方フォードは、ガイド社の異変に疑問を抱き——。ＳＦコメディ「銀河ヒッチハイク・ガイド」シリーズついに完結！

ダーク・ジェントリー全体論的探偵事務所

ダグラス・アダムス　安原和見〔訳〕　46456-5

お待たせしました！　伝説の英国コメディＳＦ「銀河ヒッチハイク・ガイド」の故ダグラス・アダムスが遺した、もうひとつの傑作シリーズがついに邦訳。前代未聞のコミック・ミステリー。

宇宙の果てのレストラン

ダグラス・アダムス　安原和見〔訳〕　46256-1

宇宙船が攻撃され、アーサーらは離ればなれに。元・銀河大統領ゼイフォードとマーヴィンがたどりついた星で遭遇したのは⁉　宇宙の迷真理を探る一行のめちゃくちゃな冒険を描く、大傑作ＳＦコメディ第二弾！